신계숙의
일단 하는 인생

신계숙의
일단 하는 인생

요리도 인생도
하다 보니 되더라

신계숙 지음

EBS BOOKS

프롤로그

계향각에서

식전 차를 마시며

후암동 2차선 도로변에 위치한 연구실 겸 모임 공간 '계향각'.
아침부터 비 예보가 있어서인지 점심때까지도 하늘이 흐리다.
오늘은 아주 중요한 손님을 점심에 초대하고 먼저 도착해서 밖을 내다보는 중이다.
찻물은 벌써 올려두었고 미리 손질해둔 재료가 근사하게 요리될 순간을 기다리고 있다. 이때쯤이면 나는 보통 계향각 도로 쪽으로 난 창문 앞에 서곤 한다. 바로 건너편에 커피 맛이 참 좋은 카페며 오래 장사해온 노포들이 보이는, 서울에서도 한적하기

이를 데 없는 거리.
이 창문 앞에 서면 누군가를 기다리는 마음, 무언가를 기대하는 마음이 저절로 생긴다. 찻물이 보글보글 끓는 소리를 듣는다.
오늘도 설레는 기분이다. 모두 오실 때까지는
비가 오지 않으면 좋을 텐데.

계향각은 내게 아주 특별한 공간이다. 이곳은 원래 '한중식학연구소'라 이름을 붙인 연구실인데, 여기에 걸어놓은 '계향각'이라는 현판 덕분에 이 이름으로 더 자주 불린다. '계수나무 계桂' 자에 '향기 향香' 자, '집 각閣' 자를 써서 '계수나무 향기가 나는 집'이라는 뜻이다. 내 이름에도 '계수나무 계' 자가 들어 있다.
사람과 요리와 대화를 좋아하는 까닭에 꼭 그 세 가지를 함께할 수 있는 작은 공간이 있으면 좋겠다고 예전부터 생각했다.
목 좋은 곳에 장소를 마련하면 어떨까 싶어 내가 적을 두고 있는 학교와 집에서 가까운 중심가 지하실 공간도 고민했지만, 지하실에는 빛과 바람이 잘 통하지 않아서 마음을 접었다.
평생 처음 마련하는 연구실 공간은 빛이 환하게 들어오고 공기가 시원하게 통하면 좋겠다 싶었다.
그러다 만난 것이 지금의 후암동 '계향각'이다. 120여 년이나 되는 세월을 담은 적산가옥의 일부를 내 맘에 맞게 개조해 이곳을 연구실로 사용하고 있다. 기둥이며 서까래며 우리 세월과는 또 다른 세월을 머금고 있는 곳. 처음에는 천장이 높은 집이었는데 아무래도 오래된 목조건물이다 보니 리모델링 과정에서 천장이 약간 낮아졌다. 조금 안타깝긴 했다.

이 장소를 계약하고 난 후, 우리나라에 훠궈 붐이 일어나기 한참 전부터 훠궈 전문점을 운영해온 '불이아弗二我' 윤성준 대표가 자신의 음식점 룸에 걸어놓은 계향각 현판을 보게 되었다. 짙은 붉은색의 그 현판은 세월에 낡고 닳았지만 그게 더 운치 있어 보였다. 공교롭게도 내 이름에 들어간 한자 하나가 들어 있어서 보자마자 첫눈에 반하고 말았다.

"사장님, 왜 내 간판을 룸에다 걸고 그러셔유." 나의 이 한마디에 윤성준 대표는 흔쾌히 현판을 선물해주셨다. 당시 꽤 큰돈을 들여 가져온 현판이라고 했는데, 인연 덕분에 나는 귀한 현판을 하나 얻었다. 우연이었는지 운명이었는지는 모르겠지만, 그렇게 눈앞에 나타난 현판 덕분에 요즘은 제법 이 공간에 신계숙 느낌이 물씬 풍긴다.

계향각은 요리 공간을 제외하고 열다섯 명쯤 되는 손님을 맞이할 수 있다. 이건 내 지론이기도 한데, 요리란 온도와 시간의 예술이기 때문에 내가 가장 맛있게 요리할 수 있는 범위 안에서 사람들을 초대하고 대접하고 싶다. 그러기에 딱 맞는 공간을 잘 얻은 것 같다. 또 한 가지 지론을 덧붙인다면, 음식과 손님은 모자란 것보다 살짝 넘치는 게 좋은 법. 자리만 좀 붙여 앉으면 서너 명은 더 모실 수 있을 것이다.

후암동은 옛 서울의 정취가 느껴지는 동네다. 남대문서 비단 장사를 하던 상인들이 옛날부터 살아오던 곳이라 오랜 부촌의 느낌도 남아 있다. 서울에서도 한가운데 있다 보니 우리네 아픈 역사를 담은 일제 강점기 적산가옥이며, 한참 슬레이트가 유행할 때 지붕을 올린 집들이며, 긴 시간 영업해온 정든 음식점들이 한 거리에 자리잡고 있다. 기나긴 세월의 이야기들이 길거리 여기저기에서 눈에 띈다. 아슬아슬해지는 좁은 비탈길을 올라가다 보면 서울이라는 도시의 정점이라고 할 수 있는 남산까지 쭉 닿는다.
위치까지 참 멋있지 않은가.
한편으로는 골목골목 돌아다니며 사람과 사람이 대화할 기회가 그 어느 동네보다도 많은 곳이기도 하다. 후암동에 온 지도 어언 5년이 되어간다. 어쩌면 이곳은 내 인생과 요리에 생각보다 훨씬 더 많은 영향을 미쳤을지도 모른다. 누군가를 대접하기 위한 요리, 함께 즐기기 위한 요리, 같이 배워가는 요리라는 신념이 계향각에서 비로소 강해진 느낌이다.

"살다 보니 살아지더라."라는 노랫말이 있는데 지난날을 돌이켜보면 그 이상 딱 맞는 말도 없는 것 같다. 시골집 막내딸로 태어난 내게 아버지는 입버릇처럼 "딸이라서 더 많이 가르쳐야 한다."라고 하시더니 기어이 이른 나이에 나를 많이 배우라며 서울로 내보내셨다. 거기서부터 하루하루 참 어렵고도 재미있는 삶을 살아온 것 같다.
대학에서 중어중문학을 전공했고, 요리 은사들에게 많은 것을 배웠으며, 계향각을 열어 많은 인연을 만났다.
특히 청나라 시대 요리책 『수원식단隨園食單』을 본격적으로 연구해 삶의 또 다른 전기를 맞이하기도 했다. 한편 중국집 주방에서 튀김 기름에 손목을 데어가며 고생도 좀 했고, 소형차 한 대로 전국 문화센터를 누비며 그 누구보다 바쁜 요리 선생 노릇도 해봤다.
그러다 숨을 좀 돌리고 학위를 따고 나니 어느새 학교에서 학생들을 가르치고, 방송에 출연해서 언감생심 과분한 사랑도 받아보고 있다. 어디 그뿐인가. 색소폰도 한 소절 멋지게 불 줄 알게 되고,

할리데이비슨을 타고 바람과 함께 해안도로를 달릴 수도 있게 되었다. 이게 바로 살아지는 게 아니면 뭘까.

때로는 그냥 앉아서 살아온 이야기를 나누는 것만으로도 서로에게 많은 걸 전할 수 있는 듯하다. 삶 속에서 진짜배기들은 무엇인가 이쪽에서 가르치려 하거나 저쪽에서 시험문제를 풀어서 얻을 수 있는 게 아니라 밥 한 끼, 술 한 잔을 나누면서 두서없이 떠들다 보면 깨달아지게 마련이다. 책을 내자는 제의가 들어왔을 때 메뉴판을 떠올린 것도 그래서였다. 내 인생의 요리들과 그 요리를 떠올리게 하는 순간들에 대해 이야기를 나누고 싶었다.

정성 들여 한 끼 대접하듯 내놓아본다. 이 작은 책에 한 가지 욕심을 부리자면, 우리가 서로 어떻게 살아왔는지 즐겁게 밥 한 끼 먹으면서 돌아보는 시간이 되었으면 하는 바람이다.

중국어 표현에 "좋은 시작은 성공의 절반이다(好的开始就是成功的一半)."라는 말이 있다. 그냥 시작이 반이 아니라 반드시 좋은 시작이어야 한다는 것이 핵심이다.

이제 좋은 시작을 함께할 준비, 되셨나유?

차례

프롤로그 계향각에서 5

식전 차를 마시며

1장 아프니까 아프기만 하던데 15

양장피를 만들 듯 내 청춘을 보내고

수도꼭지와 군용 담요 | 어느 날 느닷없이 | 백지 한 장을 앞에 놓고

2장 내가 나를 바라보는 시간 39

오래 공들여야 제대로 만드는 요리, 편정파이구

기본을 배우다 | 경험의 가치 | 프라이드가 높으면 안 되나? | 1년에 120명이 다녀간 집

3장 시작했으면 끝을 봐야 하는 법 63

화끈하게 맵고 얼얼한 라즈지처럼

칠판 하나에서 찾은 가능성 | 무림에만 은둔 고수가 있나? | 가르치는 게 배우는 거라던데

4장 나 혼자 누리는 행복의 순간 85

파삭 씹는 순간 고소함이 입안 가득, 멘바오샤

혼자 노는 비결 | 삶의 굴곡 | 바람처럼 왔다가 이슬처럼 가야지

5장 불과 그릇과 시간 103

동파육이 내 인생 요리가 되기까지

참선하는 마음으로 | 나의 중국 친구들 | 보시다시피 선생이자 학생

6장 손꼽아볼 일이 헤아릴 수 없어 121

족발 하나의 다채로움

족발과 조청의 시간은 느리게 흐른다 | 마음을 담은 요리, 진심을 담은 말 | 다채롭다는 말 | 『수원식단』이 만들어준 기회

7장 빛을 내기 위해 기다리는 나날 145

보물을 품은 오리찜

적시적소에 쓰인다는 것 | 당근한테도 엄마 아빠가 있겠쥬? | 여자와 주방과 세월 | 지갑에 담을 수 없는 내 재산

8장 달콤함이 영원할 수 있다면 167

빠스는 한없이 늘어나는 설탕 실이 생명이라

태어나서 제일 잘한 일 | 설탕 실처럼 달콤한 즐거움 | 바쁘니까 오늘은 너 | 달려야 편하다

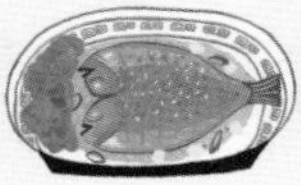

9장 진미도 즐겁지만 취미는 더 즐거워 189

고추 소스를 얹은 생선찜에 매콤함이 스며들듯

색소폰과 고추 소스 | 일과 취미의 경계선에 대해 | 놀다 보니 어느새

10장 나에게도 목표가 있다 207

따끈한 오골계탕 한 그릇을 앞에 두고

여섯 시간의 사색 | 나에게도 목표가 있다 | 흔적도 없이

에필로그 다시, 계향각에서 221

또 다른 만남을 기다리며

1장

아프니까 아프기만 하던데

양장피를 만들 듯 내 청춘을 보내고

양장피兩張皮

달걀지단과 오이, 당근 등의 채소는 채를 썰고, 오징어와 새우 등의 해물은 데친 후 차갑게 식혀 접시 가장자리에 물감 팔레트처럼 곱게 두른다. 분피를 끓는 물에 잘 삶아서 새콤달콤하게 양념을 치고 마지막에는 양파와 부추를 볶아 얹으면서 완성하는, 과정이 매우 복잡한 요리. 뜨겁게 한 다음 차갑게 하는 담금질의 과정이 필요한 까닭에, 돌이켜보면 내 청춘과 꼭 닮았다.

수도꼭지와 군용 담요

아침에 알람 소리가 울려서 퍼뜩 눈을 떠보면 가끔 내가 보고 있는 이 천장이 무슨 천장인지 당최 헷갈릴 때가 있다. 어쨌든 거기가 '향원'의 창고 방 천장이 아닌 것만 확인하면 절로 가슴을 쓸어내리게 된다.

내 인생의 은사이신 이향방 선생님 밑에서 8년을 바쳐 요리를 배우고 밥을 벌어먹고 밥을 해서 손님들을 먹이던 공간 향원. 그런데 그곳에서 아침에 보는 천장은 그렇게 멋진 풍경은 아니었다. 그 먼지 낀 시멘트 천장을 올려다보고 있다는 건 곧 고단한 하루가 시작된다는 의미였으니까.

향원에서 일하게 된 이래 이른바 터프한 삶을 살아왔다. 1980~1990년대에 향원은 중화요리 대가 이향방 선생님이 운영하는 고급 중화요리점으로 이름을 날렸다. 나는 대학 시절 또 한 분의 은사인 성의제 중문학과 교수님의 소개로 1학년이 끝난 겨울방학 때 이곳에서 홀 서빙 아르바이트를 했다. 방학 전에 인사차 교수님을 찾아뵈었다가 "계숙이는 방학 때 뭐 할 거여?"라고 물으시기에, 아르바이트를 할 계획이라는 내 대답에 향원을 소개해주신 것이다.

"중문과 나왔다고 해서 꼭 박사 해가지고 교수만 되라는 법이 워디 있냐. 제자 중에서 요리하는 놈 하나 나왔으면 좋겠다. 그 집 주인 아주머니가 화교인데 되게 깔끔허신 것 같다. 내가 얘기해놓을 테니 한번 가봐라." 이렇게 말씀하신 교수님은 향원의 단골 손님이셨다. 교수님의 말씀에 나는 옷 한 벌 사 입고 구두도 한 켤레 사서 신고 연남동에 있다는 향원을 찾아갔다. 향원 이향방 선생님과의 인연은 그렇게 시작되었다.

대학 졸업 후 요리를 직업으로 선택하기로 마음을 먹은 나는 향원을 다시 찾았다. 주방에 꼭 들어가보고 싶다고 한 달이나 이향방 선생님을 졸랐다. 전국에 있는 중국집을 통틀어 주방 불판 앞에 서는 여자가 몇이나 있겠느냐는 반대를 이기고 겨우 신참으로 향원 주방에 들어가게 되었다. 그다음부터는? 그야말로 전쟁이었다.

한번은 탕수육을 튀기다가 손목을 크게 데었는데 서울서 같이 자취하던 둘째 오빠가 노발대발이었다. 부모님이 힘들여 대학까지 보내놨더니 중국집 주방에서 다쳐오기나 하느냐고 당장 때려치우라고 했다. 막내 여동생이 무거운 웍이며 뜨거운 기름을 다루다 화상을 입고 왔으니 그야 오빠 입장에서는 당연한 말이었지만, 나로서는 이미 이 길을 가겠다는 결심이 단단히 굳은 상태였다. 오빠와 한바탕 크게 다툰 후 그길로 나는 담요 한 장을 들고 집을 나왔다. 친구들은 결혼을 해서 출가할 나이에 나는 가출을 한 셈이었다.

그런 이야기를 이향방 선생님께 했더니, 옆 사무실을 얻어 요리학원을 차릴 계획인데 계단 밑에 창고가 있으니 아쉬운 대로 그곳을 쓰라고 하셨다. 그날부터 나는 그 창고 방에 문 대신 군용 담요 한 장을 치고 5센티미터짜리 스티로폼을 깔고서 이불 대신 내 옷을 덮고 잠을 잤다. 어쨌든 그 차디찬 잠자리에서도 베개에 머리를 대자마자 순식간에 잠들기는 했다. 잠이 참 달았던 건 낮이 고단해서였겠지.

요즘 사람들이 숙식 제공에 가족 같은 분위기의 회사는 피하라는 농담들을 하지 않는가. 내 경우에는 숙식이 제공되어 다행인 지경이었다. 주방 일은 고되고 위험했지만, 그 대신 머리를 싹 비운 채 몰두할 수 있었다.

그 시절 함께 일하던 주방 사람들과 쉴 새 없이 몰려오는 점심 주문을 치러내고 나면 그다음에는 저녁 손님을 맞이해야만 했다. 재료 준비와 요리와 서빙을 콩 튀듯 팥 튀듯 정신없이 하는 사이에 충분히 쉴 틈이란 도통 나지 않았다. 하루를 마감하는 청소까지 모두 끝내면 배가 출출해진다. 그럴 때 고픈 배를 무엇으로 채웠느냐, 바로 탕수육을 만들기 위해 잘 썰어내고 남은 자투리 돼지 전지살이었다. 고추장을 조금 넣어 달달 볶으면 제육볶음이 되는데 그런 짬밥을 함께 먹으면서 소주 한잔 슬쩍 털어넣으면 그럴 때마다 주방에서는 전우애 비슷한 것이 생기곤 했다.

하루 종일 불판 앞에서 밀려들어 오는 주문에 맞게 이것저것 튀겨내느라 정신이 없기도 했다. 무겁고 새까만 웍에 담긴 끓는 기름, 그 안에서 정확한 시간에 누룽지, 탕수육, 깐풍기를 튀겨 내보내다 보면 아무리 강철 체력이라고 해도 밤이면 노곤해지고 마는 것이다. 그렇게 기절하듯 잠들었다가 깨어나면 만나는 하늘, 그게 바로 향원의 천장이었다. '하루가 또 시작됐구나. 밥값을 제대로 내는 손님들이다. 저분들 상대로 내 하루 밥값도 제대로 해야지.' 이렇게 마음먹으며 하루를 시작하곤 했다.

1987년 당시, 국내에서 중화요리에 본격적으로 뛰어든 비화교 여성 요리사는 흔한 게 아니었다. 당연히 텃세가 심했다. 왜 여자가 주방에 들어와 우리 밥그릇까지 가져가려 하느냐는 화교 요리사들의 마음도 이제는 충분히 이해가 된다.

오죽하면 이향방 선생님이 한 달이나 만류를 하셨겠는가. 그러나 나에게 이향방 선생님을 소개시켜준 교수님은 "그분 다리를 꼭 붙들어라."라고 하시며 추천하셨다. 운명이라는 건 이렇게 작용하는 모양이다. 나는 기질 자체가 질긴 데가 있어서 구박을 받으면서 좀 더 단단해졌다.

처음 주방에 진입했을 무렵, 분위기는 장난이 아니었다. 들어가자마자 싸한 기분이 들었다. 이 분위기는 대체 뭐지? 이윽고 주방장으로부터 "너는 수도꼭지 만지지도 마."라는 기상천외한 얘기를 들었다. 너무 어이가 없어 속에서 웃음이 피식 새어나올 정도였다(물론 진짜 소리 내어 웃었으면 엄청 혼날 분위기였다).

아니, 저기 설거지할 그릇들이 저렇게 쌓여 있는데 수도꼭지를 만지지도 말라는 게 도대체 무슨 말이지? 귀한 손에 물 한 방울 묻히지 말라는 고마우신 선배인 건가? 이리저리 궁리하다 왜 그러시냐고 이유를 물었더니 "여자가 대학도 나왔으면서 왜 여기까지 들어와."라는 답이 돌아왔다.

그런 한편 당시 내가 열중했던 것은, 하루 열네 시간의 중노동 끝에 오는 뻐근함이나 한여름 불판 앞에서 견디던 기름 열기, 군용 담요 한 장에 의지하던 하루하루를 의미할 수 있을 것이다. 그런 열중의 끝에는 뭐가 있었을까. 바로 양장피兩張皮가 있었다.

양장피는 정말로 특이한 냉채다. 사실 나도 이게 한국 음식인지, 중국 음식인지 애매하지만, 결국 이 요리는 한·중식 잡채라고 해야 하지 않을까 싶다. 명절에 잡채를 만들어봤거나 혹은 먹어보기라도 했다면 양장피라는 요리에 들어가는 품이 꽤 크다는 사실을 알 것이다.

양장피라는 이름은 여기에 들어가는 분피粉皮라는 재료가 두 장[兩張] 들어간다는 뜻이다. 달걀지단과 오이, 당근 등의 채소는 채를 썰고, 오징어와 새우 등의 해물은 데친 후 차갑게 식혀 접시 가장자리에 물감 팔레트처럼 곱게 두른다. 전분으로 만든 분피를 끓는 물에 잘 삶아서 새콤달콤하게 양념을 치고 마지막에는 양파와 부추를 볶아 얹으면서 완성하는, 과정이 매우 복잡한 요리다. 뜨겁게 한 다음 다시 차갑게 하는 담금질의 과정을 필요로 하는 귀한 냉채인 것이다.

중국집에서 보통 손님 서너 명이 양장피 한 접시를 시키면 고량주 몇 병을 마실 수 있어서 비교적 싼 값에 빨리 취하게 하는 요리다. 향원에서 일하던 당시 양장피 주문이 들어오면 주방장은 홀에 대고 "이 양장피 주문 누가 받았냐!"라고 외치곤 했다. 이 바쁜 와중에 저 손님은 왜 그렇게 손 가는 걸 주문한 거냐며 직접 따지지도 못하는 핀잔인 셈이다.

식당에서 받는 주문은 어쩌면 인생하고도 비슷하다. 내가 가려 받을 수 없지만, 내가 최선을 다해 처리해야 하는 그 무엇과도 같지 않을까. 재료를 데치고 볶아서 화려한 담음새로 양장피를 만들어 손님에게 내면서 배운 것 또한 인생이었다.

양장피를 만들면서 또 하나 알게 된 것은, 말하자면 시간이었다. 매번 양장피를 주문한 뒤 늦게 나온다며 까탈을 부리는 손님이 있었다. 만드는 데 시간이 오래 걸리는 요리를 주문하고 빨리 달라고 채근하면 주방에서는 요리가 나가는 순서를 바꿔야 하므로 매우 곤혹스러운 일이다. 맛있는 것을 먹기 위해서는 느긋하게 시간을 들여야 하는 법인데 말이다.

수도꼭지에 손도 못 대도록 텃세를 부렸던 주방장도 설거지가 밀리자 결국 슬그머니 못 본 척을 하긴 했다. 나는 그런 주방장에게 한 달 내내 커피를 타다 주며 비로소 주방 인력으로 인정을 받았다. 역시 필요한 건 시간이었다. 또한 주방 사람들과 함께 부대끼며 그 좁

고 기름 냄새 풍기는 공간에서 "젠장맞을 양장피 금방 나가유!"라고 외칠 수 있는 한 사람의 요리사로 인정받기까지도 시간이 꽤 작용했다. 다시 한번 그때로 돌아간다고 해도 그때의 내게 이렇게 말할 수 있을 정도로.

"계숙아, 모든 건 다 순간이여. 지지고 볶고 했던 그 순간이 복잡하기는 했지만 한 가지, 한 가지씩 찬 것은 찬 것대로 뜨거운 것은 뜨거운 것대로 순서에 맞게 담아내다 보면 양장피라는 화려한 한 접시가 나오게 되는 겨."

식당 요리에서 중요한 것은 예리한 센스나 천재적인 재능보다는 의외로 은근과 끈기다. 40킬로그램짜리 프로판 가스통이 뿜어내는 맹렬한 불 앞에 오래 있다 보면 무엇보다 숨을 쉬기 힘들고, 줄줄이 매달린 알사탕 같은 주문서들을 확인하고 정신없이 음식을 튀겨내다 보면 물 한 모금 마실 시간조차 허락되지 않았다. 그럴 때면 잠깐 숨을 크게 들이마시면서 일단 천장을 올려다보는 것이다.

그 천장은 어쩌면 대학 강단의 갈매기 무늬 천장일 수도 있고, 부드러운 조명을 설치한 문화센터의 천장일 수도 있고, 새벽빛이 들어오는 계향각의 회백색 천장일 수도 있겠다. 하지만 그 천장이 어떤 천장이건 간에 그날의 체력을 열심히 사용해온 끝에 여기까지 왔다. 어떤 천장이든 아름답지만은 않았지만 천장을 올려다보는 건 내게 어떤 의식과도 같다. 은근하고 끈기 있게 아침이면 천장을 바라보고 내게 주어진 하루를 살아간다.

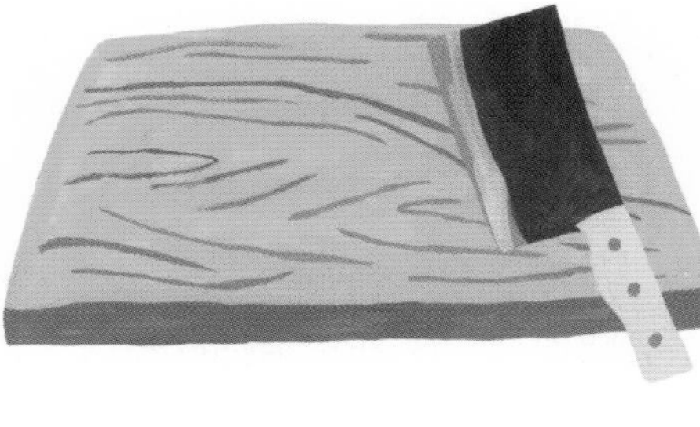

어느 날 느닷없이

방송을 본 사람들은 알겠지만 나는 충남 사람이다. 충남에서도 당진 끄트머리에 붙은 '합덕읍' 출신이다. 충청도 사람의 특징으로 반응이 느리다고들 하는데, 즉 일이 벌어지면 내색하는 데 시간이 꽤 걸린다는 뜻이다.

하지만 내 인생 최초의 충격적인 사건은 충남이건 뭣이건 간에 곧바로 내색하지 않을 수 없는 그런 일이었다. 뭣이었느냐면 우리 아버지가 나를 세상천지 낯선 동네로 상의도 없이 보내버리셨다?

때는 합덕여중 2학년 시절, 하필이면 3월 5일 막 개학을 한 날이었다. 아침 조회 전에 친구들과 한참 동안 떠들면서 놀고 있는데 어디서 많이 보던 아저씨가 교실에 나타났다. 우리 아버지였다.

"아버지 어쩐 일이슈?"

"계숙아 지금 가방 싸."

"가방은 왜 싸유."

"서울 가야 혀."

"서울은 왜유!"

"전학 가야 혀."

그랬다. 아버지는 눈에 넣어도 안 아플 듯 예뻐하던 막내딸을 동의도 없이 서울로 보내셨다. 지금도 그때를 생각하면 '와, 어떻게 이런 일이 있을 수가 있는 겨?' 하는 의문이 절로 떠오른다. 아버지는 당시 서울에서 철도 공무원으로 일하던 둘째 오빠네 한 칸짜리 자취방에 마치 당일 택배 보내듯 나를 그렇게 슥 보내버리신 것이다.

당시 내 나이 열네 살이었다. 또한 부모님의 사랑이 부족하지 않은 막내딸이었다. 시골에서는 그럭저럭 좋은 성적을 유지했고, 부모님은 그런 나에게 항상 예쁜 잠바와 원피스를 양장점에서 맞춰 입히고 달구지에 태워 학교에 데려다줄 만큼 유난이셨다. 만석꾼에서 조금 모자라는 정도로 꽤 유복한 집에서 막내 특권을 누리며 자란 나는 아버지가 그렇게 아끼던 딸이었다. 그런데 내가 알고 있던 그 모든 익숙한 세계가 훅 사라져버리고 만 것이다.

사실 지금 와서도 가장 이해가 되지 않는 건 우리 아버지가 어떻게 이 뒤죽박죽 복잡한 서울이라는 세계를 그 촌구석 합덕에서 알고 계셨느냐는 것이다. 딸내미일수록 더 가르쳐야 한다는, 당시 기준으로 굉장히 낯선 신념 아래 아버지는 그렇게 아끼던 막내딸을 기어이 험난한 도회 한가운데에 풀어놓으셨다.

이 당황스러운 상황에서도 어떻게든 먹고 살아야 했다. 그때 그 외로운 서울에서 내가 각인한 최초의 맛이란, 우리 집 푸짐한 시골 밥상과도 다르고, 책에서 봤던 근사한 요리도 아닌, 바로 부시럭거리는 봉지 안에 든 인스턴트 라면이었다. 둘째 오빠와 나에게 라면은 밥 다음가는 주식이었다.

서울에 올라오고도 한동안 눈물 나는 적응기를 거쳐가는 와중이었다. 부모님은 분기마다 이것저것 챙겨 올라오셨는데, 그 주름이 돌기 시작한 손에 들린 것은 바로 두꺼운 비닐로 된 복합 비료부대에 한가득 담긴 햅쌀과 어머니가 담근 김치 보따리였다. 오빠가 철도청에서 일하다 보니 가족들에게 완행열차까지는 무료 차표가 나왔기 때문에 두 분은 언제나 완행열차를 타고 네 시간이나 걸려 고단하게 올라오시곤 했다. 그렇게 쌀과 김치를 조달하러 계절마다 상경하시는 부모님도 안타까웠고, 고생해서 짊어지고 오신 걸 가지고 어떻게든 라면에 밥을 말아 먹고 있는 나도 속이 상했다. 객차 안에 있으면 김치 냄새가 퍼질까 봐 객차 사이 칸에 나가 계신다는 말을 듣고는 그만 눈물이 날 뻔했다. 점잖으신 두 양반이 덜컹이는 객차 사이 통로에 나란히 서서 가만히 짐을 지키는 풍경이 눈앞에 선했다.

잠깐 내 인생을 돌아보자면, 신계숙이라는 인간을 구성하는 시기는 현재까지 3분기로 나뉜다. 첫 번째가 바로 서울로 유학을 온 날이고, 두 번째가 요리를 처음 하게 된 날, 세 번째가 오토바이를 타기로 결심한 날이다.

그중에서 제일 서러우면서도 애틋한 순간은 바로 첫 번째, 아버지가 나를 더 많이 배우도록 세상에 내놓았을 때다. 부모님 두 분 다 자식들을 세상에 내놓고 그 뒤에서 조용히 김치를 나르고 좋게 찧은 햅쌀을 부대에 담아 나르셨던 것이다. (아니, 암만 그래도 그 어린 걸 내보내는 날, 너무 놀래지는 않게 아버지가 설명을 조금은 더 자세히 해주셨으야는디, 그건 그냥 이렇게 충청도 사람답게 넘어갈게유.)

"여자라면 오히려 더 배워야지."라는 아버지의 말씀은 내 인생의 어떤 지표가 되었다. 포기하고 싶은 순간이 올 때마다 느긋한 아버지의 말씀이 귓가에 울렸다. "계숙이, 너 하고 싶은 건 다 혀어." 그럴 때면 내가 지금 당장 뭘 하고 싶은지 한참 생각해보곤 했다. 여자라면 오히려 더 배워야 한다는 말씀의 의미는 무엇이었을까. 그건 곧 배움이야말로 약한 사람도 강하게 만들어줄 수 있다는 뜻이 아니었을까.

다시 라면 이야기로 돌아가보려고 한다. 내 인생의 라면은 서울 와서 물리도록 먹었던 삼양라면이었다. 그건 철도청 일을 고단하게 마치고 들어온 오빠에게 얼른 차려서 내밀 만한 음식이자 나도 같이 한술 뜰 수 있는 가장 간편한 음식이었다. 물론 라면 국물이 충청도 사람 입맛에는 조금 낯설었다. 처음에는 라면 끓이는 것도 익숙하지 않아 짜기 일쑤였지만 물을 더하고 집에서 올라온 김치와 함께 먹으면 그 맛이 그렇게 나쁘지만은 않았다. 그 라면은 우리 부모님의 손맛이 담긴 음식이 아닌, 내가 처음으로 경험해본 바깥의 맛이었다. 중학교 2학년 어린 딸을 어느 날 느닷없이 서울 한가운데에 내보낸 아버지는 어쩌면 그렇게 바깥의 맛을 다양하게 경험하며 내가 성장하기를 바라셨던 게 아닐까.

어린 시절 라면을 끓이며 내게 주어진 그럭저럭 좋은 맛에 감사하던 마음, 그리고 젊은 시절 양장피에 들어갈 재료를 정성 들여 볶으며 내 인생도 이렇게 보석처럼 예쁜 냉채로 완성되기를 바라던 마음. 그 두 가지에 대한 생각이 오가던 젊은 날이었다. 이처럼 배움은 매일의 식사에서도 주어지곤 했다. 나는 그렇게 뭔가를 매일매일 먹으며, 배우며, 자라왔던 것 같다.

백지 한 장을 앞에 놓고

나는 단순한 사람이라서 보통 혼자 의사결정을 해야 할 때면 확실한 방법을 쓴다. 바로 백지 한 장을 펼쳐놓고 거기에 결정하는 데 고려해야 할 사항들을 쭉 써 내려가는 것이다. 굳이 종이에다가 써야 하느냐고? 글쎄, 나는 '이게 찐인지 아닌지는 죄 늘어놓고 써 내려가다 보면 길이 보이겠지.' 하는 생각이 들더라고. 중국집 주방에 들어가기 전에도 똑같이 A4 종이 한 장을 앞에 놓고 뭘 고민해야 할지 써 본 다음 시작하기로 굳게 결심했다.

살아가면서 필수적인 것은 생각보다 그렇게 많지 않은 것 같다. 나 같은 사람에게는 웍 하나와 담요 한 장, 당장 베고 잘 베개 하나면 충분할 수도 있고, 다른 누군가에게는 아침의 진한 커피 한잔과 저녁의 좋은 술 한잔이면 되는 것이 인생인 것 같다.

필수적이지 않은 관계, 필수적이지 않은 일, 필수적이지 않은 사건들에 대해 우리는 많은 시간을 쓰면서 살아간다. 그러나 필수적인 것은 어떻게든 나에게 남아 있게 될 것이며 필수적이지 않은 것은 떨어져나갈 것이다. 이건 내 말을 믿어도 된다. 뭐든 다 겪어보고 결정할 것도 아니지 않나.

그러니까 그걸 판가름하기 위해서 지금 내 눈앞에 백지 한 장이 필요하다. 그렇다, 흰 종이 한 장. 컴퓨터가 편한 사람은 한글이든 워드든 '새 문서'를 열어 키보드를 두드리면 되고, 모니터의 하얀 화면이 부담스러운 사람은 나처럼 종이 한 장을 책상 위에 올려놓고 펜을 들면 된다. 강의안을 작성할 때도, 요리 메뉴를 짤 때도, 집 앞에 장을 보러 나갈 때도 나는 이 백지 한 장을 앞에 놓고 쭉 써 내려간다.

하얀 종이는 조용히 나를 기다리고 있다. 나라는 인간의 품이 어디까지인지, 알고 있는 바가 얼마큼인지, 과단성은 어떠한지를 조용히 바라보는 것 같다. 단적인 예로 장을 보러 가기 전 종이를 펼쳤다면 나는 장을 어떻게 봐야 하는지 이미 알고 있어야 한다. 양장피를 만들기 전 종이에 적은 장보기 재료 목록에서 달걀을 빼먹는다면 지단은 물 건너갔다. 그러면 대체 어디에서 그 샛노랗고 새하얀 색을 냉채에 더할 수 있단 말인가.

향원에서 처음 일을 시작하게 된 때야말로 마치 이 백지 한 장 앞에 맞서는 것 같은 기분이었다. 향원은 당시 중문과 교수님께서 소개해주신 아르바이트 자리였다. 아르바이트라기에 당연히 홀 서빙인 줄 알고 찾아갔더니 처음 내가 맡은 일은 무려 닭발의 발톱 자르기였다. 닭발이 무더기로 쌓여 있는 광경 앞에서 나는 그만 망연자실해졌다. 상상해보시길. 그 징그러운 모양새가 생각보다 사람을 더 풀죽게 만들었다. 그다음에는 나한테 도대체 뭘 시키려는 겨. 당최 알 수가 없었다. 내가 할 일이 어디까지 확장될지 궁금해지기 시작했다.

사실 이향방 선생님은 그때 나를 홀 서빙으로 고용할 필요가 없었을지도 모른다. 향원은 직원을 여러 명 둘 만큼 그렇게 큰 음식점이 아니었다. 그러나 "얘 요리 좀 가르쳐봐유. 일을 아주 잘할 거유."라면서 거절하기 힘든 제안을 하신 그 집 단골 교수님 덕분(?)에 일단 아르바이트가 시작되었다.

두 달 동안 아르바이트를 하고 난 후에는 평범한 학교생활을 이어갔다. 향원을 다시 찾은 것은 그로부터 한참 지나 대학 졸업 후 영어를 배우려고 서강어학당에 다니던 시절이었다. 어느 날 어학당 사람들이 같이 밥을 먹자고 해서, 내가 전에 아르바이트를 하던 중국집이 근처에 있는데 가겠느냐고 물으니 사람들이 좋다고 했다. 그렇게 해서 오래간만에 향원에서 점심을 먹게 되었다.

이향방 선생님은 연희동에 요리를 가르치러 다닌다고 하셨다. 나에게 "너도 가볼래?"라고 물으셔서 내친김에 나는 선생님이 하시는 요리 수업에 따라갔다. 선생님이 요리를 만들면 배우는 사람들이 레시피를 적느라 정신이 없었다. 그 모습을 보고 나는 '레시피를 써서 주면 수강생들이 저렇게 고생스럽게 배우지 않을 텐데…….' 하는 생각이 들었다. 선생님 역시 비효율적으로 요리를 가르친다는 생각이 들자 뭔가 도움을 주고 싶은 마음이 생겼다.

이향방 선생님을 돕고 싶다는 생각에 나는 신촌에 있는 타자학원에 등록했다. 거기서 시간과 돈을 들여 타자를 석 달 동안 배웠다. 당시만 해도 타자는 고급 기술이었다. 1980년대 후반, 아직 컴퓨터가 집집마다 보급되지 않았던 시절이라 문서를 작성하려면 타자기를 이용해야 했다. 타자 기술을 익힌 나는 친구에게 타자기를 빌려 선생님을 다시 찾았다. 선생님을 앞에 앉혀놓고 "불러보세유. 제가 요리법을 타자로 쳐드릴게유."라고 했다. 그 결과 요리 수업에 필요한 레시피가 문서로 완성되었다.

선생님은 내가 작성한 레시피를 마음에 들어 하셨다. 요리 수업을 듣는 수강생들의 반응도 좋았나 보다. 수업을 하고 오신 어느 날, 선생님이 나에게 슬쩍 물었다. "계숙아, 너 내 밑에서 일해볼 생각 없니?"

이향방 선생님의 제안을 듣고 나는 고민에 빠졌다. 요리를 직업으로 선택해도 될 것인가. 미래에 대한 문제를 혼자 결정하기 어려워 성의제 교수님을 찾아가 의견을 여쭈었더니, 교수님은 나에게 "그분 다리를 꼭 붙들어라."라고 하셨다. 며칠 후 나는 다시 이향방 선생님을 찾아가 향원에서 일을 하겠다는 뜻을 전하고, 홀에서 서빙하는 일부터 다시 시작했다.

반년쯤 흘렀을까. 이왕 중식당에서 일할 거면 서빙보다는 요리를 배워야겠다는 생각이 들었다. 나는 이향방 선생님께 주방에 들어가게 해달라고 졸랐다. 그러자 선생님은 대한민국 중국집 주방에 여자가 어디 있느냐며, "네가 주방에서 사흘을 견디면 내 손에 장을 지진다."라고 하셨다. 거의 떼를 쓰다시피 한 달을 졸라서 나는 드디어 꿈에 그리던 주방에 입성했다. 그리고 8년이라는 시간을 그곳에서 견뎠다.

다시 백지에 대한 이야기로 돌아갈 수밖에 없다. 바로 인생에서 중요한 것을 적어 내려가는 일. 나는 요리를 직업으로 선택하기 전에 백지를 꺼내 몇 가지를 적어놓고 스스로에게 질문을 던졌다. 여자의 직업으로 어떨지, 나에게 도움이 될지, 경제적으로 나를 자유롭게 만들어줄지. 이 질문들에는 모두 동그라미가 쳐졌다.

또 내가 무엇을 할 수 있는지를 적어보았다. 나의 쓰임새를 찾아보자는 생각이었다. 그러다 보니 나만 할 수 있는 것이 백지 위에 분명히 남았다. 나는 중국어를 전공한 덕에 중국요리 이름에 들어가는 한자를 알고 있었고, 타자 능력은 이런 내 쓸모를 높여주었다.

그 당시만 해도 중국집 차림표에는 제대로 된 한글 설명이 붙어 있지 않았다. 대부분의 요리는 중국어로 적혀 있어 단골이나 화교 손님이 아니면 종업원에게 물어물어 겨우 주문할 수 있을 정도였다. 이향방 선생님의 레시피를 정리하는 것은 물론 메뉴판에 들어가는 요리 설명도 타자기로 쳐서 깔끔하게 정리해놓았다. 결과적으로 메뉴판은 깔끔해졌고, 손님들은 더 이상 음식 주문에 애를 먹지 않았으며, 선생님의 요리 수업에도 제법 괜찮은 레시피가 함께하게 되었다.

백지에 써본 나의 중요한 것들. 너무 고되고 궁핍하던 시절에는 서른 개쯤 되는 항목을 백지 한 장에 적어보기도 했다. 그런 다음 진짜로 중요한 것을 남기고 중요하지 않은 것을 하나하나 지워가면서 내가 정말로 필요로 하는 것을 찾아낼 수 있었다. 추운 날에는 온기가 필요하고 더운 날에는 시원한 물을 마셔야 한다. 당장 필요하지 않은 것이 무엇인지는 사람에 따라 다르겠지만 어쨌거나 중심에서 벗어난 것은 목록에서 하나씩 제했다.

자, 그러면 그 목록에는 무엇이 남았을까. 내 백지에는 내가 좋아하고 함께하고 싶은 사람들의 이름과 내가 경험하고 배우고 싶은 일들이 항상 남았다. 사람과 경험, 그 두 가지가 백지 위에 가로로 죽 그은 줄표 없이 남아 있곤 했던 것이다. 타자를 배우고 난 뒤 나는 이향방 선생님과 레시피 작업을 하면서 그분과의 인연을 더 깊게 만들 수 있었고, 메뉴판을 새로 짜면서 손님들이 편하게 주문하는 환경을 만들어드릴 수 있었다.

시장에서 무엇을 살까 하는 사소한 고민부터 요리를 하느냐 마느냐, 오토바이를 지르느냐 마느냐 하는 중대한 고민까지, 무수히 많은 고민의 순간마다 백지 한 장이 나와 함께했다. 오늘도 나는 새하얀 종이 한 장을 앞에 놓고 펜을 든다.

2장

내가 나를 바라보는 시간

오래 공들여야 제대로 만드는 요리, 편정파이구

편정파이구粉蒸排骨(분증배골)

좋은 소갈비를 사서 하루 저녁 핏물을 빼낸 후 양념에 종일 재워놓는다. 잘 씻은 찹쌀에 향신료들을 넣고 40여 분간 노릇노릇한 빛이 돌 정도로 살살 볶은 뒤 갈아서 가루로 만든다. 양념에 재운 갈비에 찹쌀가루를 골고루 묻힌 다음 두어 시간 이상 쪄낸다. 좋은 재료를 써야 하고 양념에 충분히 재워야 하며 제대로 쪄내야 하는, 시간과 정성의 요리.

기본을 배우다

어쩌다 작은 중식당에 밥을 먹으러 가면 이런저런 생각이 들곤 한다. 나한테 그 세계는 너무나 빤한 것이다. 주렴에 가려진 주방에서 무슨 일이 벌어지고 있을지 나만큼 빤히 알기도 어려울 거다. 잘난 척도 아는 척도 아니다. 그냥 잘 아는 것이다. 한때는 나도 그 세계에 뼈를 묻게 될 줄 알았으니까.

내가 일하던 시절 향원은 열다섯 평 정도 되는 공간에 테이블 일곱 개를 놓고 지배인 한 명, 주방장 한 명, 만두장 한 명을 두고 운영해온, 그야말로 작은 중식당이었다. 앞서 말했듯 애초에 교수님의 추천이 아니었다면 홀 서빙으로 굳이 나까지 고용할 필요도 없었을 거라는 합리적 추측이 가능한 규모였다.

8년이라는 세월 동안 일하면서 진상 손님 하나 만나보지 않았을 정도로 격조 있는 음식점이었지만, 그래도 한창 요리가 나가는 저녁 시간에 주방은 이른바 변방의 전쟁터였다. 오죽하면 내 인생에서 가장 기억에 남는 부상이 내가 사랑해 마지않는 할리데이비슨을 타다가 만든 찰과상이 아니라 작은 중식당 주방에서 팔뚝에 입은 기름 화상이란 말이지.

음식이 조금만 늦어져도 언제 나올지 묻는 배고픈 손님들 상대하랴, 주차 문의를 하는 뒤늦게 온 예약 손님 자리를 봐드리랴, 빨리 여기 계산부터 해달라는 근처 단골 사장님들 영수증 처리해드리랴, 홀에서도 난리가 난 상태에서 주문이 밀리면 큰일이다. 그래서 불과 칼과 묵직한 웍의 움직임이 전쟁터를 방불케 하는 중국집 주방에서는 한 사람 몫을 제대로 하지 않으면 사람 취급을 받기란 요원했다. 그러니까 분명히 저 주렴 뒤에서는 지금도 그런 일이 벌어지고 있으리라.

작은 식당. 우리는 언제나 삼시세끼를 먹고, 근처에 좋은 밥집이 있으면 발길을 향하며, 나아가 친구들에게도 권유하곤 한다. 따라서 식당업이란 사람들이 사회를 이루고 사는 한 어떤 형태로든 남아 있을 업이라는 생각마저 든다. 연남동의 어느 작은 중식당에서 지인들을 만나기 위해 약속을 잡고 따뜻한 백차 한잔을 먼저 마시면서 둘러보는 저 너머의 풍경은, 나에게는 너무 생생하고 가슴 뿌듯한 어떤 장면인 것이다.

그 작은 식당의 원류를 내게 가르쳐주신 이향방 선생님은 내 인생의 은사라고 할 수 있는 분이다. 아르바이트로 시작해 그분 옆에 서서 요리를 하고, 함께 타이완이며 홍콩이며 상하이 등지에 재료를 탐방하러 다니기까지, 그분에게 배운 것은 이루 말할 수 없이 많다. 솔직히 말하자면 그분에게 배운 가장 큰 공부는 바로 생의 의지, 일에 대한 열의였던 것 같다. 음식을 한 그릇이라도 더 잘 내가고 잘 팔아보자는 마음가짐 하나만큼은 대단한 분이셨다.

그때 상가 건물 2층에 홍등을 걸고 영업을 하던 향원은 중국집이긴 했지만 요리류가 중심으로 식사류는 물만두 한 가지인 고급 요리점이었다. 중국집 하면 짜장면, 짬뽕, 탕수육 아니던가. 그러다 보니 짜장면집인가 싶어 올라온 손님들은 당황해서 도로 내려가는 일이 종종 있었다. 문 앞 카운터에 앉아 있던 선생님은 그때마다 도로 나가는 손님 뒤통수에 대고 "저희 중국집이에요! 식사하고 가세요!"라고 외치곤 하셨다. 그 한 사람도 선생님에게는 아쉬운 손실이었던 것이다.

이향방 선생님으로 말할 것 같으면, 그야말로 억척 아지매였다. 어느 추운 겨울날 수도관이 동파된 적이 있었다(주방에서는 큰 재난 중 하나일 것이다). 종업원인 내 생각에 이날은 "수도관이 동파되어 오늘은 영업 종료합니다."라고 써 붙이고 가게 문을 닫아야 하는 상황이었다. 그런데 선생님은 아래층 순댓국집에 내려가더니 그 집 주방을 빌려놓고 올라오셨다. 그 엄동설한에 설거지거리를 가지고 아래층에 내려가 씻어오면서 정상 영업을 하신 분이다. 그게 다가 아니다. 생각하면 바로 실행하는, 그런 과단성 넘치는 성격이셨다. "만두 먹고 싶지 않니?"라고 묻는 순간 벌써 그 손에서 만두피가 만들어지고 있는 그런 분. (그런데 이건 아무리 은사이시지만 말씀은 한번 드릴래유. 같이 밥 먹으면서 3분 만에 다 잡수시면 선생님 앞에서 먹는 저는 목이 맥혀유.)

요즘 웬만한 중식당에서는 찾아보기 어려운, 손도 많이 가고 시간도 오래 걸리는 요리가 있다. 바로 펀정파이구粉蒸排骨(분증배골)라는 것으로, 간단히 말해 찹쌀가루를 묻혀서 찐 갈비 요리다. 이 요리는 내게 향원에서의 수업을 떠올리게 한다. 그리고 내가 한 사람 역할을 톡톡히 해내고 있다는 실감을 얻게 한 그런 요리다.

펀정파이구라는 요리는 일단 만드는 데 시간이 오래 걸린다. 이 요리의 핵심은 무엇보다 시간과 정성이 참 많이 든다는 것이다. 먼저 좋은 소갈비를 끊어와야 한다. 재료가 좋아야 그 맛이 나기 때문이다. 그다음에는 찹쌀에 향신료들을 넣고 그 향이 잘 배도록 한 다음 40여 분간 노릇노릇한 빛이 돌 정도로 살살 볶은 뒤에 이번에는 곱게 갈아서 가루로 만든다. 소갈비는 하루 저녁 핏물을 빼낸다. 그런 다음 그 고기를 양념에 또 종일 재운 뒤, 볶아서 갈아둔 찹쌀가루를 골고루 묻혀 제대로 두어 시간은 쪄내야 하는 복잡하고 참 까다로운 찜 요리다.

그 작은 중식당에서 보내던 나날을 나의 펀정파이구 시절이라고 돌아본다. 매일매일 주방에서는 난리가 나고 손님들이 몰아쳐도 음식을 만들어 판다는 것, 음식을 잘 차려낸다는 것의 기본을 배울 수 있었던 소중한 시절. 오래오래 재울수록 제대로 맛이 들고 좋은 재료를 쓰지 않으면 나중에 맛에 흠이 나게 되는 그런 시절 말이다.

은사란 결국 내 삶의 징검다리가 되는 것 같다. 나 혼자 뛰어넘을 수 없는 어떤 요상한 문제들이 나타났을 때 곁에 있던 선배나 스승이 손을 잡아주든 멱살을 잡아끌든 앞으로 나아가게 해주곤 했다. 어쨌거나 내게는 기본을 가르쳐준 든든하고 엄격하신 선생님이 계셨고, 나는 그분과 8년 동안 함께하며 기본에 기본을 더해갔다. 그리고 지금은 그 기본에 푸념 한마디 정도는 얹을 수 있을 만큼 능숙해졌다. 기본을 공들여 배우는 한, 어떤 젊은 시절도 쉽게 무너지지 않으리라.

어찌 됐든 푹 고아야 좋은 찜 요리가 된다. 다만 무작정 푹 고아낸다고 다 되는 게 아니라 잘 재우고 어느 정도 고아야 하는지 정도를 알아야 하는 것이다. 나는 내 젊은 날을 돌아보고서야 드디어 가슴을 펴고 진정한 요리를 어떻게 만들어야 하는지 깨달았던 것 같다. 그것이 내가 만들어낸, 편정파이구다.

경험의 가치

향원에서 일한 지 4년 차쯤 되었을 때 문득 내 미래를 그려본 적이 있었다. 당시 나는 한 달 월급으로 30만 원을 받으며 하루 온종일 좁은 주방에서 일했다. 아침 아홉 시 반에 출근해서 직원들과 한솥밥을 먹고 열 시부터 그날 장사할 준비를 한다. 프라이팬의 기름때를 불에 태워 없애고, 타일을 닦고, 접시에 상추를 깔아놓고……. 정신없이 준비하다 보면 열한 시 반, 그때부터 손님들이 밀려든다. 주문 들어오는 요리를 만들다 보면 세 시간 동안 허리를 펼 새도 없다. 점심 주문을 마감한 후 설거지까지 마무리하면 오후 세 시. 그제야 겨우 점심을 먹고 잠시 한 시간 정도 쉬었다가 다섯 시부터 다시 전쟁이다. 하루 일과는 밤 열 시를 넘어서야 마무리된다. 일이 끝나면 너무 힘들어서 몸에 산소가 부족한 것 같아 창문을 열어놓고 연신 깊은 숨을 들이마셔야 했다.

그런 일상을 이어가던 중 미래를 생각해봤지만 도무지 미래는 보이지 않고 갑갑하기만 했다. 내가 이렇게 청춘을 보내도 되나, 더 넓은 세상을 보고 와야 하는 건 아닌가 하는 생각이 불현듯 떠올랐다. 좁은 이곳 주방을 잠시 벗어나고 싶은 생각이 들었던 것도 사실이다. 사장님이기도 한 이향방 선생님께 "사장님, 저 타이완 가서 요리 좀 배우고 올게요."라고 말했다.

중국요리를 배우고 있으니 당연히 중국에 가봐야 하는데, 당시에는 중국과 수교를 맺지 않아서 갈 수가 없었고, 내가 갈 수 있는 곳은 오로지 타이완뿐이었다. 그래서 타이완으로 가기로 결심하고 선생님께 말씀드렸더니 첫마디부터 안 된다는 말씀이셨다. 나한테 더 배울 것이 없어서 타이완을 가겠다고 하는 거냐며 언짢아하셨다. 나는 선생님을 설득했다.

"사장님, 전 아직 젊잖아유. 제가 준비를 하면 기회가 찾아왔을 때 기회인 줄 알고 잡을 것이지만, 준비를 하지 않으면 기회가 와도 그것이 기회인 줄 모를 거예유. 그러니 댕겨오고 싶어유."

타이완에 다녀와서 다시 향원으로 돌아오겠다는 약속을 한 후 나는 타이완행을 허락받았다. 그때는 정말 이대로 지낸다면 기회가 와도 그것이 좋은 기회인지 알아보지도 못할 거라는 생각이 들었다. 그렇게 설득한 끝에 나는 타이완에 가서 아는 선배의 집에 셋방을 얻어 지내며 요리학교에 다녔다. 수업이 끝나면 학교 근처에 있는 식당에서 요리를 더 배우기 위해 아르바이트를 자처했다.

타이완에 도착하자마자 내가 한 일은 미놀타 카메라를 산 것이었다. 당시 돈으로 30만 원. 향원에서 내가 받는 한 달 치 월급에 해당하는 금액이었다. 카메라를 들고 나는 타이완 맛집을 찾아다니며 음식 사진을 찍었다. 타이완에서 유명한 갈비 덮밥과 쇠고기 국수, 딘타이펑의 딤섬 등을 직접 맛보고 슬라이드 필름을 사용해 사진을 찍어 남겼다. 그때를 돌아보면 카메라를 사는 데 어떻게 한 달 월급을 털어넣을 생각을 했는지, 또 그걸로 사진을 찍을 때 어떻게 슬라이드 필름을 쓸 생각을 했는지, 내가 생각해도 참 신통하다. 그때 찍은 음식 사진들은 이후에 학교에서 강의할 때 수업 자료로 요긴하게 쓰이기도 했으니, 곤궁했던 젊은 시절에 과감하게 투자한 것이 나중에는 제값보다 더 큰 값어치를 한 셈이다.

그 시절 나는 사람들이 봄, 여름, 가을, 겨울, 계절마다 다른 옷을 입는다는 것조차 모르고 살았다. 1년 내내 청바지 두 벌로 버티던 나는 여름이면 여름 바지를 입는다는 걸 서른이 훌쩍 넘어서야 알게 되었다. 그만큼 향원에서 일하던 젊은 시절에는 가진 것도 없었고, 더 가질 수도 없었다. 힘든 육체노동으로 하루하루를 불태우며 살아가기 바빴으므로.

그런 내가 벌어놓은 돈을 모두 털어 타이완에 가겠다는 결심을 하고, 타이완에 도착하자마자 한 달 월급으로 카메라를 샀던 것은 정말 과감한 결단이 아니고서는 할 수 없는 일이었다. 하지만 그런 결단은 미래에 대한 불안함마저 이겨낼 수 있게 해주었다. 그 경험이 훗날 나에게 큰 도움이 될 거라는 확신이 있었기 때문이다. 힘들어도 경험을 쌓고 또 쌓으면 언젠가 좋은 날이 올 것이며, 내 성공은 나의 눈물을 먹고 자란다고 믿었다. 마음 한편에 불안함이 생길 때면 나는 이 믿음을 되새겼다.

남들이 쉽게 하지 못하는 경험을 내 안에 간직하고, 그 경험의 가치를 믿으며 살아가겠다는 생각은 지금도 변함이 없다. 타이완에 다녀온 후로도 줄곧 불판 앞에서 나를 더욱 당당하게 해줄 수 있었던 것은 그때 내 안에 간직한 경험들 덕분이었다. 결국 그 경험이 먼 훗날의 나를 조금 더 가치 있게 만들어주었다고 생각하며, 앞으로도 계속 그럴 거라고 믿는다.

프라이드가 높으면 안 되나?

국산 소형차 시장을 프라이드와 티코가 양분하던 때가 있었다. "알지, 알지." 하며 고개를 끄덕이면서 그때를 기억한다면, 이 글을 읽으시는 분도 연식이 좀 되시나 봐유?

그중에서도 하필이면 '자존심'이라는 뜻의 이름이 붙은 그 째만한 차를 타고 4년간 새벽부터 고속도로를 내리 달리던 적이 있었다. 서울은 물론 지방에서 불러도 무조건 달려가던 요리 강사 시절이었다. 맨 처음 시작은 대전에 있는 한 대학의 평생교육원 중국요리 강사였는데 향원의 단골 한 분이 연결해주어 일하게 되었다. 향원에서 쌓은 인맥 덕을 이렇게 본 셈이다. 하지만 눈 오고 비 올 때는 아닌 게 아니라 그 길 내려가는 운전이 참 죽을 맛이었다.

그다음은 어쩌다 보니 가정 방문(?) 요리 선생을 하게 되었다. 시작은 대학 선배가 만들어준 강의 자리였다. 선배의 시누이 되는 사람이 결혼을 앞두고 요리를 배우고 싶다는 것이었다. 그 뒤로 그 선배의 지인을 통해 소개가 뻗어나갔다. 모 기업 회장님의 딸, 며느리, 사모님 등을 상대로 요리 수업을 방문 판매원처럼 가가호호 다녔는데 이게 은근 대박을 쳤다. 다들 수업이 그렇게 재미있다고 한 것이다.

예나 지금이나 인맥이 힘을 발휘할 때가 있다. 신계숙이라는 입담 좋은 여성 요리사가 강의를 제법 웃기게 한다는 평이 또 가가호호 퍼지면서 이번에는 문화센터 단위로도 요청이 들어오기 시작했다.

문제는 운전을 해야 대전이든 서울이든 마음껏 돌아다닐 수 있다는 것이었다. 차가 없는데 어떻게 차를 만들까. 나는 또 인맥을 좀 쓰기로 했다. 그때 가진 돈을 죄다 털어봐야 차 한 대 계약하기에는 턱없이 부족했지만 향원에서 의남매처럼 지내던 운전기사 필원이라는 친구에게 대뜸 "원아, 200만 원만 꿔주라." 했다. 그리고 필원이는 추호의 거리낌도 없이 나에게 돈을 빌려주었다.

원이라고 불렀던 그 친구 역시 나의 향원 인맥 중에서 지울 수 없는 소중한 한 명으로 기억된다. 원이의 얼굴에는 붉은색 반점이 크게 있었는데 그래서인지 공고를 졸업하고도 일반 회사에 취직하지 않고 향원의 운전기사로 들어와 일을 했다. 한여름 8월이 얼마나 더운가. 워낙에 수줍음이 많은 친구이다 보니 그 여름에 뜨거운 차 안에 들어가 차를 지키고 있었다. 보기가 영 안쓰러워 "차 안은 너무 더우니까 올라와 있어유!"라고 말을 걸었는데, 그 이후로 나와는 떼려야 뗄 수 없는 누나 동생 사이가 되었다. 그때 말을 걸어줘서 고마웠다는 게 나중에 원이가 한 얘기였다. 그렇게 나는 새 출발을 하는데 원이의 도움을 받았다.

원이에게 빌린 돈과 자투리 돈을 이리저리 합쳐서 나는 프라이드를 한 대 뽑았다. 나의 첫 애마 프라이드는 그야말로 불러주는 요리 강좌라면 어디든 달렸다. 강의가 있는 날 새벽, 좋은 식자재를 골라서 뒷좌석과 트렁크에 빼곡하게 채우고, 향신료와 식초, 기름 같은 기본 재료를 꼼꼼히 챙겨 차에 실었다. 오래 써서 더 이상 갈아 쓰기도 어려운 중식도를 포함한 조리 도구까지 하나하나 확인해 실은 다음, 짐 무게 때문에 바퀴가 반쯤 내려앉은 차를 몰고 길을 떠났다. 비가 오든 눈이 오든 길이 막히든 목적지가 멀든 말이다.

운전만 해도 피곤한데 장보기부터 강의까지 뛰고 나면 녹초가 되기 일쑤였다. 하지만 재야의 은둔 고수가 싸움터를 가리지 않듯 온갖 상황에서 별의별 강의를 다 해내면서 나는 요리계의 일타 강사 같은 것이 되어 있었다(아이구, 이 시절도 돌이켜보면 눈물겹기 그지없구먼).

지금 와서 생각해보면 이 또한 재미있는 일이었다. 오래도록 일한 주방 불판에서 말없이 삼선 누룽지탕에 들어갈 누룽지를 튀기고 팔을 데어가며 탕수육 주문을 속도전으로 해결하던 무렵, 나는 어딘가 좀 이상했던 것 같다. 그때는 내가 뭘 하고 있는지조차 돌아볼 틈이 없었으니 이제야 돌아보게 되는 것 같다. 아무래도 그 시절의 나는 나의 일터인 향원이 망하면 거기서 밥을 벌어먹는 나도 같이 망한다는 생각에 사로잡혀 내 삶의 다음 행로가 또 다른 어딘가로 향할 수 있다는 가능성마저 잊어가는 중이었다.

하루하루를 살아가는 데 거리낄 것은 없었다. 음식점은 잘되었고 나는 향원의 터줏대감이었고 어느덧 선생님의 신뢰며 주방 사람들의 의리까지 사고 있었다. 그러나 결국 그게 나를 어디로 데리고 갈지에 대해서는 나 자신의 계획이 하나도 반영되지 않았다는 것을 왜 그렇게 오래 깨닫지 못했는지.

그러던 어느 날, 덜컥 겁이 났다. 향원은 영원히 신계숙의 음식점이 될 수 없지 않은가. 그 길로 정중히 선생님께 양해를 구하고 요리강사 일을 병행할 수 있도록 일을 벌이고 말았다. 솔직히 말하자면 나는 예전부터 고민은 오래 하지만 결정하면 바로 실행하는 사람으로 정평이 나 있었다.

그렇게 소형차 한 대에 벅찰 만큼 많은 짐들을 싣고서 도로를 누비며 내가 본 것은 바로 가능성이었다. 물론 프라이드 한 대로 먹고 살 길을 도모한다는 게 마냥 쉬운 일만은 아니었다. 뒷좌석에 쌓아둔 양념통이 모조리 엎어지는 바람에 돌아오는 내내 냄새가 진동하기도 했고, 너무 먼 지역의 출장은 어쩌면 받는 돈보다 지출이 더 많았을지도 모른다.

다만 어느 음식점, 어느 선생님의 수하에 있느냐가 아니라 힘이 들어도 내가 스스로 서서 나아갈 길을 찾는다는 것, 그게 바로 온갖 양념 냄새를 풍기던 나의 프라이드와 내가 해낸 일이 아니었을까. 다시 한번 그 프라이드를 떠올린다. 자존심이라는 이름의 째만한 차. 어쩌면 그 시절 나에게 가장 어울리는 탈것이었을 것이다.

눈을 감으면 아직도 눈꺼풀 속에 선하게 보인다. 홀로 운전석에 앉은 나, 그리고 빗길을 달리는 프라이드. 하루하루가 고단했음은 물론이다. 그러나 그럴 때면 매번 내일을 생각했는데, 그 내일도 퍽 고단할 것 같아 또다시 울적해지기도 했다. 피곤에 절 때면 더욱더 크게 크게 노래를 부르면서 올라오던 그 고속도로에서, 나는 편정파이구처럼 푹 익혀진 것 같다. 그 작은 차와 함께했던 무수한 거리와 시간만큼 내게도 더 깊은 맛이 들었을 것이다.

1년에 120명이 다녀간 집

요리를 시작하면서 절실히 깨달은 것은 사람이 사람을 부른다는 것이다. 특히 거기 뭐 좀 먹을 만한 게 있다 하면 사람들은 더 부지런히 사람들을 불러모은다. 즉 요리가 있는 곳에는 어떻게든 슬슬 사람들이 모이게 마련이다.

언젠가 일간지 인터뷰에서도 한 말인데, 원체 밥 한 끼 대접하는 걸 스스럼없이 하는 성격이다 보니 어떤 해에는 놀랍게도 120여 명이나 되는 손님들이 내 집에서 밥을 먹고 간 적이 있었다. 문득 '아니, 나는 대체 1년에 혼자 밥을 먹은 날이 며칠이나 되는 겨?' 하고 차근히 세어본 결과이니 하나도 과장은 없다.

어떻게 된 것이냐면, 일식이를 먹이고 나면 일식이 친구 두칠이가 따라오고, 두칠이가 저녁 모임 분위기가 좋다며 삼팔이를 데려오고, 그다음 주에는 일식이 두칠이 삼팔이 셋 다 같이 고량주를 들고 찾아와 서로 모르는 사이라도 친구가 되어 나가는 그런 구조다.

어느 날 후배가 승진을 했다고 해서 나는 후배에게 상사도 모시고 오라고 했다. 요리사 친구들과 밥 먹는 중에 동향 친구가 하나 섞여서 원래 친했던 양 "계숙이는 우리와 달리 쌀밥 먹고 큰 애여."라고 하면 "그려? 그럼 내가 쌀밥 한 끼 해줄 테니 날 잡아봐."라고 했다. 그러다 보면 누가 누군지 물어볼 겨를도 없이 인연이 씨줄 날줄처럼 켜켜이 엮이곤 하는 것이다.

자, 그렇다면 성공적인 저녁 모임의 주최자가 반드시 해야 하는 일이 있다. 바로 우리 집에서 머무르는 시간 동안 손님에게 즐거움을 주어야 한다는 것이다. 식재료는 무조건 싱싱하고 좋은 것으로 골라 입이 즐겁도록 맛있는 요리를 만들고, 먹고 마시며 두런두런 이야기를 나누다 보면 귀도 즐겁다. 내가 아는 요리와 삶, 배워서 알고 겪어서 아는 것들을 풀어놓는다. 술과 요리, 대화까지 아끼지 않으니 몇 시간을 먹어도 지루할 틈이 없다.

그것이 기본이다. 원래 기본만 잘해도 반은 넘어가는 거 아니겠는가. 요즘 방송에서 자신의 집을 모임 공간으로 내놓고 지인들과 소소

한 파티를 열어 술 한잔을 즐기는 사람들을 보았는데 그렇게 따지자면 2006년부터 우리 집 거실에서 시작한 '계숙 식당'(지금 이 이름으로 유튜브 채널을 운영 중이다)이 원조 모임 공간이 아니었을까 싶다.

생업에 종사하면서 집에서 손님을 치른다는 것 또한 선택과 집중의 문제다. 내 인생에 사람을 남기겠다고 했으면 그렇게 하기 위해서 최선을 다한다. 장을 볼 때 조금 넉넉하게 봐두기도 한다. 어떤 친구는 지인이 많으니 동행이 있을 수도 있겠거니 하는 생각에서다. 누군가 좋은 술을 가져오면 조금 남겨뒀다가 다음에 올 사람들도 맛보게 한다. 괜찮은 음식에 괜찮은 술에 괜찮은 사람들이 만나서 제대로 분위기가 좋아질 때가 있다. 그런 것이야말로 진정한 내 재산이다.

그게 뭔 종류의 재산이냐고? 1년 365일의 반 넘게 사람들을 초대해서 식사를 대접해본 저녁 모임 전문가로서 단언해보려 한다. 그렇게 정성 들여 제공한 시간의 즐거움 뒤에 남는 것이야말로 나의 가장 큰 재산이며, 그것은 곧 사람이다.

꼭 어려울 때 도움을 받거나 내 사업의 확장을 위해 인간관계를 만든다는 의미는 절대 아니니 오해 마시길. 사람이 재산이라는 말은, 단 한 번 사는 인생에 더욱 풍요로운 맛을 가져다줄 사람들을 잔뜩 모아둘수록 좋은 인생이라는 뜻도 있다. 실제로 그렇게 손님들을 초

대해서 매일 밤 시간을 보내고 나니 내게는 항상 다양한 사람들로 북적였던 우리 집 거실의 풍경이 좋은 추억으로 남아 있다.

만약에 오늘은 피곤해서, 저 친구는 안 친해서, 두 팀이 서로 잘 모르니 같이 보면 서먹서먹할 것 같아서 등등의 이유로 아파트 철문을 닫고 있었더라면 절대로 가질 수 없었을 내 삶의 귀중한 인연들이다. 그중에서도 오래된 친구들은 아직까지 '신계숙 라인'을 이뤄 매번 언니, 누님, 동생 하며 나를 찾는다. 이 또한 오래오래 땀 흘리며 푹 고아낸 내 보물들이 아닐 수 없다.

요즘에는 주로 연구실에서 음식을 나눈다. 정기적으로 진행하는 『수원식단』 모임으로 만나는 분들은 물론이고, 인터뷰를 하러 오시는 분들이나 방송 촬영 때문에 만나는 방송국 스태프들이 연구실에 들르면 나는 가스 불을 켜고 프라이팬부터 올린다. 처음 보는 사람이라도 내 공간에 들어온 이상 꼭 밥을 같이 먹어야 그다음 진도가 나간다.

이런 나의 '밥 한 끼의 철학'은 지금 계향각이라 이름을 붙인 연구실에서 『수원식단』이라는 고전을 통해 비로소 꽃을 피웠음을 이제야 알겠다. 연구실에서 수많은 사람들과 음식을 통해 문화를 공부하고 배우며 각자의 경험을 공유하고 거기서 궁극적인 즐거움을 만들어내는 지금, 지나온 길을 돌아보니 이것이 내가 가야 할 길이라는 게 분명해졌다.

이제 계향각에는 1년에 120명보다 더 많은 사람이 찾아온다. 그러면 그분들의 이야기가 내게 찾아오고 나 역시 그분들에게 나의 요리를 전하는 것이다. 얼마나 멋진 일인지. 정성스레 만든 밥 한 끼를 함께 나누다 보면 어느새 서로 공감하고 이해하며 마음이 훈훈해진다. 그런 의미에서, 오늘 저녁 '계향각'에서 고량주 한잔 어떠셔유?

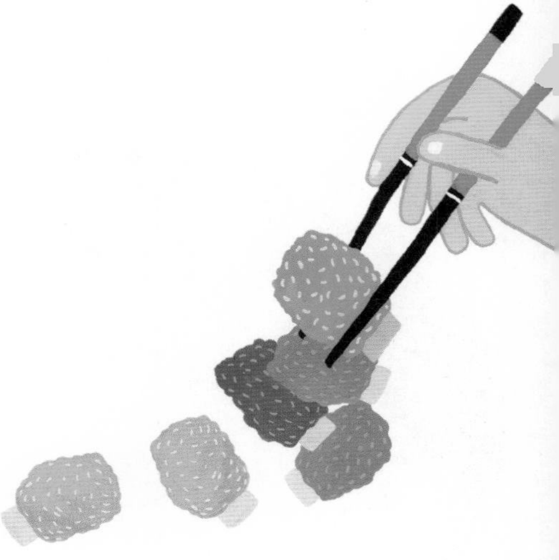

3장

시작했으면 끝을 봐야 하는 법

화끈하게 맵고 얼얼한 라즈지처럼

라즈지辣子鷄(라조기)

닭날개를 토막 내어 소금으로 간을 하고 전분을 묻혀 기름에 튀겨낸다. 바삭하게 튀긴 닭날개를 건져놓고 그 팬에 곧바로 매운 재료들을 가득 넣어 튀기듯 볶은 다음 거기에 닭날개를 넣어 맛이 배도록 한다. 코끝이 찡한 산초(화자오)와 혀끝이 얼얼한 매운 고추의 맛이 닭날개에 충분히 배어들면 화끈하게 맵고 얼얼한 요리가 완성된다.

칠판 하나에서 찾은 가능성

아버지가 칠판을 사 오셨다. 그것까지는 뭐 별일이 아닌 것 같으나 문제는 조합이었다. 말하자면 그 물건이 우리 집에 어울리느냐는 것. 아버지는 충남 합덕의 성실한 농사꾼이셨고 그때만 해도 칠판이라는 물건은 도통 농사꾼네 집에 '개인용'으로 들여올 만한 게 아니었다. 그런데 아버지는 합덕 장날에 시장에 가시더니 초록색 칠판 하나를 사서 들고 오셨던 것이다. 그러고선 이제 막 일곱 살이 된 막내딸에게 "여기다 뭐든 쓰고 놀어."라고 하시며 아이 키 높이에 맞게 벽에 걸어주셨다.

뭐든 쓰고 놀라고 하셨으니 또 유별나게 성실한 농사꾼 자식은 이 요상한 데에 무엇을 쓰고 놀아야 잘 쓰고 놀았다고 소문이 날지 요리조리 고민을 해보았다. 아버지가 장에 가서 사다 주신 칠판은 학교 교실마다 있던 커다란 초록색 칠판을 아이가 가지고 놀 수 있을 만하게 4절지 스케치북 크기로 만든 것이었다.

그걸 보고 내가 떠올린 것은 학교 놀이였다. 일단은 동네 친구들을 모아 집으로 데리고 왔다. 그리고 친구들 앞에서 이러쿵저러쿵 가르치는 흉내를 내기 시작했다. 아마 그 덕에 지금 요리 선생이 되어 대학이며 기업이며 여기저기 강의를 하러 불려 다니기 시작한 건 아닐까.

시골에서는 흔히 신문을 벽지 대신 바르곤 했는데, 옛날 신문은 거의 한자 반 한글 반이었다. 벽에 붙은 신문에 들어 있던 한자들을 일일이 손으로 짚어가며 (뭐든 가르쳐야 한다는 사명감에) 한자를 배우기 시작했다. 한참 그리고 놀다 보면 밭을 갈다 들어오신 아버지가 칠판에 내가 그린 한자를 유심히 보시다가 나무 목木, 내 천川 같은 부수를 가르쳐주셨다. "봐, 여기 나무 목木에 흙 토土 두 개 들어가면 계숙아, 이게 네 이름에 들어가는 계桂 자여." 그러면 나는 '이렇게 생긴 게 내 이름에 들어간 한자라 이거지?'라고 생각하며 기억하려고 애썼다.

아버지가 장날에 가져다주신 그 칠판은 어린 내 마음에 어지간히도 무엇인가를 채워야 하는 것으로 보였던 모양이다. 칠판은 언제나 내가 쓰고 논 한자로 빼곡했다.

서울로 유학을 오고 나서 얼마 되지 않은 중학교 3학년 때의 일이다. 담임이셨던 이정애 선생님은 한자 교육에 꽤 열을 올리셨다. 국어 선생님이었는데 교과서에 나오는 괄호 속 한자 앞에 붙은 한글에 반창고를 오려 붙인 다음 외우게 할 정도였다. 어느 날 선생님이 중3 학생에게는 조금 어려운 한자 두 글자를 칠판에 쓰더니 시험 삼아 문제를 내셨다. 나는 또 천둥벌거숭이마냥 손을 번쩍 들고 척척 대답을 했다.

'손바닥 장掌' 자에 '아재비 숙叔' 자를 술술 맞힌 나는 그날부로 우리 반의 한자 박사가 되어버렸다. 그런 다음에도 어째 어딜 가든 한자 박사로 불리는 현상은 계속되었는데 심지어는 한자가 기본인 중어중문학과에 진학한 뒤에도 여전히 박사 취급이었다. 이게 다 아버지가 사다 주신 칠판 덕분이었다. 어떻게 우리 아버지는 이런 걸 다 알고 인생 설계를 쫘악 해놓으셨을까 하는 생각이 들어 문득 움찔할 때도 있다.

그 시절 민중서관에서 나온 『한자대자전』을 대학 4년 내내 책 모서리가 날강날강해지도록 읽었던 기억이 난다. 거의 정육면체에 가

申 桂 淑

까울 정도로 두껍고 종잇장은 얇디얇은 자전을 지하철 안에서 꼬박꼬박 연애소설 읽듯 읽어 내려갔다. 나중에는 책장이 떨어져서 민망한 나머지 들고 다닐 수도 없을 정도였다.

그렇다면 왜 그렇게 열심히 아무도 시키지 않은 짓을 했을까. 단순히 학과 공부에만 써먹으려는 것은 아니었다. 그 수업의 한자 박사가 되고 싶어서도, 조교로 용돈을 벌고 싶어서도 아니었다. 어쩌면 도통 어디에 쓰일지 알 수 없을지라도 한번 들어선 길은 끝을 봐야 후회도 미련도 없으리라는 것을, 그 젊은 나이에 어렴풋이 이해하고 있었던 건 아닐까 싶다.

시골집 벽을 바른 신문 속 한자를 보고 칠판에 한 획 한 획 모양을 따라 그리면서 동네 친구들을 어떻게 가르칠지 고민하던 꼬맹이가 그때 친숙해진 한자로 대학 전공을 정하고, 거기서 교수님 소개로 향원에 취업을 하고, 지금은 국내에서 비화교로서 드물게 중국어 고문을 해석할 수 있는 요리 연구가이자 현장에서 불판을 마주하는 중식 요리사로 나이 들기까지, 가끔 내가 잘 가고 있는지 뒤를 돌아볼 때면 유독 그 4절짜리 칠판이 생각난다. 뭐든 쓰고 놀다 보니 쓰고 논다는 게 즐겁다는 것 또한 일깨우게 되었다.

그때의 나는 아마도 지금의 나에 대해 상상조차 할 수 없었겠지만, 지금의 내가 그때의 나를 돌아보면 나도 모르게 웃음이 난다. 항상 어딘가 길이 있을 거라는 확신 하나만큼은 지독하게 품고 있었던 것 같다.

조금 다른 이야기지만 나는 중국요리 가운데 라즈지를 참 좋아한다. 정확히 말하자면 충칭라즈지重慶辣子鷄라는 요리로 중국 4대 직할시 중 하나인 충칭에서 유래한 매운 요리다. 고추와 산초(화자오)를 듬뿍 넣어 매울 만큼 매워야 더욱 맛있는 닭 요리인데, 만들 때나 입에 넣을 때나 꼭 치열했던 내 젊은 날을 추억하게 한다. 화끈하게 매웠지만 뒤끝은 없었던 그때 그 시간들 말이다.

라즈지는 화끈해야 제맛이다. 토막 낸 닭날개에 소금으로 간을 하고 전분을 묻혀 기름에 튀겨낸다. 바삭하게 튀긴 닭날개를 잠깐 건져놓고 그 팬에 곧바로 매운 재료들을 가득 넣어 튀기듯 볶은 다음 거기에 닭날개를 넣어 맛이 배도록 한다. 코끝이 찡한 산초와 혀끝이 얼얼한 매운 고추의 맛이 닭날개에 충분히 배어들면 세상에 그렇게 맛있는 한 접시도 없다.

그러고 보면 아버지가 장에 가셨다가 칠판을 손에 들고 집에 오신 날, 일곱 살의 나는 그 칠판을 통해 '뭔가를 가르친다'라는 것과 '한자를 배운다'라는 두 가지 가능성을 아버지로부터 선물 받았다. 그리고 그 가능성이 그리는 희미한 길을 따라 무지하게 맵고 얼얼한 맛을 이해하고자 노력하고 또 노력하다 보니 어느덧 후련한 기분마저 들게 되었다. 지금 와서 돌이켜보면 이 또한 감사하고 신기한 일이 아닐 수 없다.

무림에만 은둔 고수가 있나?

가만 보면 사람들은 대부분 매순간 자신의 최선을 다해 살아가는 것 같다. 그 최선의 방향과 속도가 조금씩 다를 뿐이다. 당장 느리게 가고 있는 것 같아 답답할지라도 그건 아마 자신이 할 수 있는 최선일 것이다. 지금 내가 최선을 다하고 있다면 나중에 왔던 길을 돌아봤을 때 '이야, 내가 참 애를 쓰긴 했구먼.' 하는 말이 절로 나오게 될 것이다.

오토바이를 타다 보면 한참 속력을 내어 달리다가 잠깐 헬멧을 벗고서 구슬땀을 말리는 순간이 있다. 이 무거운 녀석을 끌고 지금까지 달렸던 구불구불한 산길을 돌아보면 아찔함과 시원함이 함께 찾아온다. 지금까지 살아온 인생을 돌아볼 때도 내가 그 아찔함과 시원함을 함께 느끼는 순간이 있다. 바로 누구보다 바쁘게 뛰어다녔던 강사 시절이다.

자그마한 프라이드 한 대로 방방곡곡을 돌아다니던 어느 날 나에게 작은 제의가 들어왔다. 이 역시 가정 방문 요리 선생을 하던 시절 알게 된 인연이 가져다준 기회였는데, 요리를 배우던 수강생 한 분이 남편 회사에 새로 생긴 문화센터에서 중국요리 강사를 뽑을 것 같다며 언질을 주었다. 내게 그 자리를 소개해준 양반은 걱정 반 기대 반으로 이렇게 덧붙였다. "그쪽서 뭐라고 해도 한다고 하셔야 해요."

아이구야, 목소리에서 느껴진 심상치 않은 기운을 진작 눈치챘어야 했는데. 알고 보니 그곳은 물도 없고 불도 없는, 신사동에 있는 아파트 모델하우스에서 펼쳐지는 고행의 현장이었다. 수도와 가스 없이 요리를 가르친다는 건 힘든 일이라는 게 불을 보듯 뻔했다. 하지만 나는 물이 없으면 물을 길어다 와서 하면 되고, 불이 없으면 이동식 가스레인지를 가져다 와서 하면 된다고 생각했다. 별일 아니라고 자신만만하게 생각했지만 막상 실전에 닥치니 사람은 많고 덥기도 하고 쉬운 일이 아니었다. 그 일이 있은 후 삼성생활문화센터에서 중국요리를 강의해달라는 제의를 받았다. 임직원과 가족들이 와서 배울 수 있는 문화센터였는데, 거기서 중국요리 강사를 찾던 차에 그

모델하우스에서 진행했던 강의를 보고 연락해온 것이다. 내가 그 열악한 환경을 극복하려고 노력한 결과를 높이 사준 모양이었다.

어쨌든 1994년 나는 국내 대기업이 개설한 문화센터에 당당하게 입성해서 일주일 한 번 세 시간씩, 네 팀을 상대로 요리 수업을 진행했다. 누가 봐도 가혹한 수업 시간이었지만 누가 봐도 열심히 해내려고 노력했다. 결과는 어땠느냐고? 너무 자랑하는 것 같겠지만 조금만 이해해주셔유. 그때도 신계숙 강좌는 완판 행렬이었슈. 수강 신청을 하려고 새벽 다섯 시부터 줄들을 서셨으니께. 이건 팩트 아닌감.

요리 강사 시절부터 느꼈지만 내가 뭔가를 가르친다는 것은 언제나 조심스럽다. 가끔 가르침에 대해서 생각할 때 무엇보다 가장 많이 고민하는 것이 '말'이다. 나는 머리에 넣는 것과 손으로 만드는 것 외에도 입으로 말하는 것이 굉장히 중요한 사람이다. 그래서 머리에 열심히 뭔가를 넣으려 하고 손으로 열심히 잘 만들려고 하면서 입으로는 열심히 재미를 전달하려고 애쓴다.

요리를 가르친다는 것. 그것은 재료에 대한 설명, 요리의 역사, 조리 과정을 눈앞에서 보이면서 펼쳐야 하는 일이다. 가르치면서 시범도 보여야 하는데, 그러려면 말이 어떻게 듣는 사람에게 가닿을지를 연구해야 했다. 연구의 나날 끝에 재미가 핵심이라는 생각에 이르렀다. 친구들이 말하기를 "계숙이 너는 말이 참 웃겨. 어쩜 그렇게 똑같은 말도 재밌게 하니."라는데 그것도 어느 정도는 먹고살자니 늘어난 기술이다.

아무튼 때가 때인지라 운도 좋았던 것이 1992년은 한중수교가 체결된 시점이었다. 우리나라 기업들이 한창 중국으로 진출할 궁리를 시작하던 무렵이었다. 그러다 보니 그간 단절되었던 문화와 역사에 대한 교류도 다시금 시급히 필요해졌다.

말하자면, 식食이란 무엇인가. 그 지역의 산물과 역사와 사람의 이야기가 담긴 그야말로 문화의 정수 아니겠는가. 사람이란 능라금수 없이도, 구중궁궐 없이도 살아갈 수 있지만 제때 뭔가를 배에 넣지 않으면 도저히 살아갈 수가 없다. 중화요리에 대해서라면 나는 그 지역의 산물, 역사, 사람에 대해 풀어놓을 이야기가 많았다. 경험이란 이럴 때 여러 가지 이야깃거리를 만들어주곤 한다. 마땅히 있어야 할 곳에서 최선을 다한 덕에 (아닌 말로 그 수업 시간은 너무너무 힘들었지만) 또 하나의 기회가 찾아왔다.

바로 한국경영자총회의 특강 요청이었다. 요새야 젊은 친구들도 화교가 운영하는 노포 중국집에 들어가 일품요리를 척척 주문할 줄 아는 세상이지만, 그때는 다들 중화요리를 낯설어하던 때였다. 수교

단절 중에 한국식 청요리를 제외하면 정통 중화요리란 이 땅에서 맛보기 어려운 일이었으니 말이다.

비즈니스의 기본은 대화이며, 대화는 뭔가를 먹으면서 할 때 가장 잘 풀리는 법 아닌가. 중화요리에 대한 지식이 기업인들에게도 필요할 거라는 점을 짐작해보았다. 음식점에 가서 주문을 유창하게 하려면 어느 문화권이든 언어를 약간 알아야 한다.

흔히 요리 이름에는 어떤 음식인지 짐작할 수 있는 공식 같은 것이 존재한다. 우리 음식 중에 무슨무슨 탕이라고 하면 재료를 모아 오래 끓여내는 요리인 것처럼, 중화요리에서도 몇 가지 한자를 알면 어떤 요리인지 아는 데 큰 도움이 된다.

"여러분 혹시 짜장면을 한자로 어떻게 쓰는지들 아셔유?" 강의를 시작할 때 보통 이렇게 질문을 던진다. 짜장면은 중국어로 '자장미엔', 한자로는 '작장면'이다. '볶을 작灼' 자가 들어 있는 줄 알았는데 나도 최근에야 그 한자가 '튀길 작炸' 자를 써서 작장면炸醬麵이라는 것을 알았다. 즉 그것은 장을 튀겨서 만드는 요리다. 우리나라에서 가장 유명한 중국요리지만 중국에 가서 주문하려면 일단 한자를 이해해야만 한다. 나도 요리만 하던 시절에는 몰랐다. 공부를 해야 알 수 있는 것들이다.

돼지고기와 쇠고기와 닭고기는 각각 어떤 한자를 쓰는지, 거기에 덧붙여 신맛을 뜻하거나 매운맛을 뜻하는 기본 한자는 무엇인지, 맛과 재료와 지역명으로 확실히 정리해서 강의했다. 어떻게 보면 잘될 수밖에 없는 강의 아이템이었는데, 필요와 공급이 딱 맞아떨어졌다는 점도 크게 작용했다.

이후에도 그 자리에 있던 분들에게 강의 요청이 속출했다. 대표적으로 모 기업 회장님이 당시 중국 출장을 갔다가 복잡한 중국어 메뉴판을 앞에 두고 침묵을 지키던 회사 임원들에게 "우리 중국에서 음식 주문하는 법부터 배우죠."라고 하는 바람에 내 특강이 속히 잡힌 적도 있었다. 그런 다음 국내 유명 대학의 중국 최고경영자 과정과 대기업마다 강의를 나가면서 든 느낌은 다름 아닌 '중앙에 입성' 했다는 쾌감이었다.

은둔 고수가 중앙에 나와 실력을 인정받으려면, 은둔일지언정 스스로 고수라고 자신할 수 있어야 한다. 오래오래 시간을 들여 경험을 쌓고, 그리고 그 경험으로 몸에 익은 감각을 가져야 가능한 일이라고 지금도 생각한다.

그러니까 이런 것이다. 라즈지라는 요리가 그렇듯 닭에서 날개를 떼어 토막 내고 알맞게 간을 하고 딱 좋은 상태까지 튀긴 다음에는 건져놓고 잠시 기다려야 한다. 화려한 양념들이 튀긴 닭날개를 맞이

하기 딱 좋게 향을 올릴 때까지 기다리는 감각.

또는 이런 것이다. 졸린 눈을 비비며 아침에 주방에 들어가 탕수육 재료를 준비하던 수많은 나날을 거쳐, 주방장이 가르쳐준 대로 딱 250그램의 돼지고기를 손으로 저울질해 단골손님 분량으로 알맞게 튀겨냈던 날에 느낀 후련함. 세월이 지나면서 손과 몸으로 익힌 나만의 것이 불쑥 세상에 나왔을 때 인정받는다는 그 기분은 정말로 잘 만든 라즈지 한 점, 탕수육 한 점을 입에 물었을 때처럼 짜릿하고 달콤한 경험이었다.

가르치는 게 배우는 거라던데

대학 강단에 서게 된 것도 돌아보면 이런저런 우연과 운명이 힘을 낸 결과였다. 잽싸게 선택하고 일을 벌인 건 확실히 나였지만 거기에 작용한 상황들은 그랬다는 의미다.

자기 간판을 건 음식점을 차리는 것은 요리사라면 당연히 꿈꾸는 미래다. 그런데 중문과를 졸업하고 8년간 온통 기름에 데어가며 뭔가를 튀겨내다가 프로 특강러로 '입신양명' 비슷한 것을 했으면 다음 단계는?

물론 자기 음식점을 내는 것이리라. 하지만 몇 가지 일이 겹쳐 음식점을 내는 일이 좌절된 이후에 대학 교수라는 뜻밖의 길이 열렸다. 학위를 따느라 고생고생을 하면서 또 어느 쪽으로 물꼬가 풀리나 싶었는데 그게 학교였던 모양이다. 요리에 대해서 충분히 공부하고 싶어서 석사를 따두었는데 교수가 되려니 박사도 따야 했고, 문화센터 강사료 덕분에 학비를 댈 수 있었고, 아무튼 그런 식으로 일이 풀렸다. 필운동 산기슭에 있는 고즈넉한 학교. 나는 그렇게 대학교수의 길에 들어섰다.

음식점과 대학 강단, 두 가지를 놓고 그 사이에서 했던 고민은 당시 나에게 꽤 큰 문제였다. 하지만 배워온 것들, 만나온 인연들이 또 이러저러하게 길을 만들어주었다. 대학 강단에 서기로 결정한 다음부터도 꽤 힘들었다. 나는 예나 지금이나 어떤 일에 매진하기 시작하면 좀 불도저 같은 면이 있다. 나에게 주어진 강단에서 가르친다는 일에 대해 집중하기 시작하니 일이 점점 불어났다. 이러나저러나 어떻게든 시작을 했으면 이걸 또 죽도록 해야만 했다. 내 성질이지만 내가 봐도 참 기가 막히다.

처음 학교에 적을 두기 시작한 무렵 하루 열네 시간 넘게 연구실에 머무르며 강의안을 짜고 채점 기준을 만들고 연구를 이어갔다. 언제나 그랬듯이 때로는 백지 한 장을 앞에 놓고 중요한 것과 중요하지 않은 것을 체크하며 교수 생활에서 남겨야 할 것들에 대해 고심했다.

그 맵디매운 시기를 어떻게든 버티고 이제야 좀 선생 티를 내며 학교에서 지내고 있다. 지금 와서야 이렇게 말할 수 있지만, 대학 강단에 갓 들어간 초임 교수 시절의 나는 내가 봐도 무서울 정도로 몰두하고 있었다.

제아무리 한번 기회가 오면 바로 선택하고 후회하지 않는 것을 삶의 모토로 삼고 있어도, 교수가 되어 학생들의 인생에 뭐라도 가르침을 전해야 한다는 압박 아래 지내다 보면 잠도 안 올 정도로 그게 또 고민이 되더란 말이다.

이게 다 합덕 농사꾼에게 물려받은 쓸데없이 성실한 성정 때문이다. 강단에 선 신계숙을 본 사람들은 방송과 꽤 다른 인상에 간혹 놀라기도 한다. 하지만 강단에 서면 어디까지나 격조 있고 우아하게(!) 가르칠 것들만 전하곤 한다. (믿으셔유. 제가 두부에 대해서 가르칠 때 목소리는 두부만큼 부드러워유.)

석사 학위를 따기 위해 대학원을 다니던 시절은 내 인생에서 가장 분주했던 시기였다. 사회인으로 완전히 자립하지도 못했고, 딱히 정해진 직업도 없이 여기저기 요리를 가르치러 다니느라 정신이 없었다. 그 당시 전세 4,000만 원짜리 원룸에서 살고 있었는데, 대학원 등록금 500만 원을 마련해야 하는 시점에 집주인은 전세 보증금을 500만 원 더 올리겠다고 했다. 한 달 안에 1,000만 원을 마련해야 하는 상황이었다. 앞이 캄캄했지만 열심히 뛰고 이리저리 긁어모아 결국 마련하기는 했다.

대학에서 중문학을 배우고 대학원에서 식품영양학을 전공한다는 것은 시작부터가 심적 부담이 매우 컸다. 그래도 열심히 해야겠다는 생각에 새벽 다섯 시에 학교에 갔더니 학교 문이 잠겨 있는 게 아닌가. 거기서 물러설 내가 아니었다. 담을 넘었다. 그건 오기였을까, 깡이었을까.

애당초 내가 가진 유전자에 이과적 성향은 어디에도 없었다. 더욱이 식품영양학 전공으로 대학원을 다닌다는 것은 일생일대에 일어날 수 없는 불가능한 일이라고 생각했다. 육각형 마름모꼴로 된 화학 구조식은 내게 벌집으로 보였고, 영어로 된 식품학 원서는 차라리 그림책에 가까웠다. 우여곡절 끝에 학위를 취득하기는 했지만 단 한 번도 내가 잘해서 얻은 결과물이라고 생각해본 적은 없다.

대학원은 그야말로 지도 교수님의 관심과 사랑이 없었다면 시작도 끝도 없었을 것이다. 실험실에서 함께 연구하면서 밥을 지어 먹고 함께 밤을 지새우며 만든 후배들과의 우정은 지금도 내가 삶을 살아가는 데 천군만마를 둔 것 같은 든든함을 준다.

그런 든든한 마음에 나는 좋은 일이 생기면 언제나 후배들에게 먼저 자랑질을 하는 언니가 되었다. 후배들이라서 그런지 매번 나에게

"언니 잘했어."라며 격려를 해준다. 그 대신 절대로 후배들에게 먼저 놀아달라고 하는 눈치 없는 언니는 안 되려고 노력한다. 혼자서 잘 놀고 있으니 오히려 후배들이 언니는 요즘 뭐하고 노느냐고 궁금해 한다.

학위를 취득하고 15여 년의 세월이 지났다. 내가 가르치는 학교의 졸업생들이 간간이 대학원에 진학했다는 소식을 듣는다. 나는 그들에게 선생으로서의 잔소리 같은 경험담을 이야기하곤 한다. 보통 대학원에 진학할 때는 학부에서 배운 것으로는 좀 부족하다거나, 우리나라에서 무슨 일을 하려면 기본적으로 학위가 필요하다는 생각에서 대학원에 진학한다고 한다. 그래서 대학원에서 더 많이 배울 것을 기대하지만, 지나고 보니 대학원은 스스로 공부할 수 있는 방법을 훈련시켜주는 곳이었다. 누군가에게 더 많이 배우는 것도 물론 중요하지만 스스로 공부하고 터득해가는 것도 중요하다. 그것을 알고 대학원에 들어가면 공부의 반은 이미 마치고 들어간 거나 마찬가지라고 제자들에게 이야기해준다.

결론은, 가르침과 배움은 모두 연결되어 있다는 것이다. 학위를 하는 동안은 감사한 인연과 머리 아픈 순간들, 고되고도 고된 매일의 선택이 있었지만 배우면서 하루하루를 보냈다. 문화센터 시절을 돌이켜봐도 사람들을 가르치는 것을 통해 배우는 점이 있었고, 그렇게 배우면서 가르쳤다. 가르치는 것과 배우는 것의 연결고리가 갑자기 어디에서 툭 튀어나올지는 확실히 알 수 없으나 어딘가에서 반드시 연결되어 있다는 것만은 진리였다.

囍

4장

나 혼자 누리는 행복의 순간

파삭 씹는 순간
고소함이 입안 가득, 멘바오샤

멘바오샤面包虾

칼등으로 곱게 다진 새우살에 돼지비계를 더해 풍미를 올리고, 소금과 후추, 생강즙, 녹말가루를 넣어 고루 젓는다. 이렇게 만든 새우 완자를 사등분한 식빵 가운데에 넣어 샌드위치 모양으로 만든 후 기름에 튀긴다. 이때 기름은 사용하지 않은 새 기름을 써야 하고, 기름의 온도는 너무 낮아도, 높아도 안 된다. 집중하고 공들여서 만들어야 식감과 색감이 완벽하게 어우러진 한 접시를 완성할 수 있다.

혼자 노는 비결

방송 덕분에 이렇게 대중 앞에 나오게 되었다. 길을 가다가도 텔레비전에서 봤다며 나를 알아보는 사람들을 종종 만난다. 나에겐 과분한 관심이고, 이런 경험도 내 삶에서 또 하나의 찬란한 페이지임에 분명하다.

자신 있게 내놓을 수 있는 요리 중에 멘바오샤라는 게 있다. 1980년대 내가 향원 주방에서 일할 때 중화요리점에서 더러 이 메뉴를 팔기도 했는데, 한참 지나 몇 해 전부터 유행하기 시작했다. 지금 이 순간 내 인생을 굳이 요리에 비유하자면 멘바오샤 같은 순간인 것 같다. 잘 튀겨진 식빵이 바삭하게 부서지면서 혀끝이 새우에 닿는 순간 고소한 향이 입안에 퍼지는 멘바오샤. 한두 개 먹다 보면 금방 사라져버리기에 집중해서 즐겨야 할 순간의 행복감을 준다.

멘바오샤를 한자로 쓰면 '面包虾(면포하)'다. '멘바오面包'가 빵을, '샤虾'가 새우를 말하기도 하지만, 여기서 '포包'는 감싼다는 의미가 더 크다. 즉 빵이 새우를 감싸고 있다는 뜻이다. 원래 중국에서는 새우살로 완자를 만들어 잘게 다진 식빵을 겉에 묻혀서 튀기는데, 우리나라에서는 식빵 사이에 새우 완자를 넣어 튀기니 새우살은 조금 절약되는 셈이다.

먼저 새우의 등을 갈라 모래집을 제거하고 칼 옆면으로 눌러 완전히 짓이긴 다음 곱게 다진다. 여기에 돼지비계를 더해 풍미를 올리고, 소금과 후추, 생강즙, 녹말가루를 넣어 고루 젓는다. 이렇게 만든 새우 완자를 사등분한 식빵 가운데에 넣어 샌드위치 모양으로 만든 후 기름에 튀긴다. 이때 기름은 사용하지 않은 새 기름을 써야 하고, 기름의 온도는 너무 낮아도, 높아도 안 된다. 온도가 낮으면 식빵은 튀겨지지 않고 기름만 잔뜩 먹는다. 반면에 온도가 높으면 식빵은 타버리고 새우는 익지도 않는다. 기름 온도가 적합할 때 넣어도 잘 익도록 골고루 눌러줘야 하고 딱 알맞은 타이밍에 뒤집어줘야 하며 색깔이 알맞게 튀겨진 것과 그렇지 않은 것을 구분해 이리저리 자리를 바꿔줘야 한다. 자칫 튀기는 도중 한눈을 팔다가는 어느새 타버려서 먹을 수 없게 된다. 집중하고 공들여서 만들어야 식감과 색감이 완벽하게 어우러진 한 접시를 완성할 수 있다.

이렇게 완성한 멘바오샤를 한입 베어 물면 혀끝에 행복이 찾아온다. 잇새에서 바삭바삭하게 부서지는 식빵과 뜨거운 새우살, 후후 숨을 불며 씹어 삼키면 순식간에 기름지고 따뜻한 맛이 목을 타고 넘어간다. 멘바오샤를 먹을 때면 언제나 기분이 좋아진다. 손님 초대상에 멘바오샤를 올릴 때도 있지만, 나에게 멘바오샤는 온전히 혼자 즐기고 싶은 요리이기도 하다.

내가 가장 행복한 순간을 찾는다면 온전히 혼자일 때다. 정성 들여 나를 위한 요리를 완성해 맛보는 순간의 행복, 이런 혼자만의 시간이 가져다주는 행복감은 꽤 크다. 주변에 항상 사람들이 모여드는 나에게 이것도 참 의외라면 의외로 보이겠다. 사람들을 모아서 식사 자리든 수다 자리든 자주 마련해서 즐기는 한편 혼자 놀 시간은 꼭 남겨둔다.

살아오면서 내가 종종 느끼는 건 우리나라 사람들은 남녀노소를 불문하고 한이 그렇게들 많다는 것이다. 모두 가슴속에 맺힌 한을 품고서 〈동백아가씨〉 한 소절은 구성지게 부르고 있는 느낌이라고 해야 할까. 그렇다면 그 한의 기원은 무엇일지 나름대로 진지하게 고민에 빠져 연구해보았다.

내가 도출한 답은 이렇다. 어쩌면 우리는 너무나 오랫동안 누군가와 함께해왔기 때문이 아닐까? 이것은 비단 부부 사이를 뜻하는 것만은 아니다. 회사에서 학교에서, 친구끼리 연인끼리, 그 안에서 서로 거리를 두는 것에 대해 은연중에 죄책감을 갖고 있는지도 모른다. 어쩌면 거리를 두는 것은 '우리'라는 사회 안에서 '우리'이기를 그만두고자 한다는 느낌을 주기 때문일 것이다.

그래서 그런지 우리 세대는 혼자 노는 것을 어려워한다. 이제 환갑을 앞두고 있는 주변 친구들만 봐도 남편에, 자식에, 시가와 친정 식구들에 치여 스스로를 잘 돌보지 못하는 경우를 종종 본다. 수많은 인간관계에 부대끼느라 스트레스를 받으면서도, 혼자 시간을 보내거나 혼자 어디를 가거나 혼자 무언가를 즐기는 것에 막연한 두려움을 느끼기도 한다. 여자가 혼자 여행을 하면 '사연 있는 여자'가 되고, 어딜 가든 왜 혼자 왔느냐고 묻는 사람이 꼭 있기 마련이다. 여기서 내가 깨달은 건, 우리 사회에서는 '혼자만의 시간'이 너무 없기에 스트레스가 쌓여간다는 것이다.

수험생 아들 수발하느라 스트레스를 받고 있던 한 친구는 집 근처에 오피스텔을 얻어 밤중에 여섯 시간쯤 혼자 지내다 오고 싶다는 얘기를 한 적이 있다. 나는 버지니아 울프라도 되는 양 꼭 자기만의 방을 가지라고 친구를 응원해주었다.

혼자만의 시간을 어려워하는 친구들에게는 먼저 '혼밥'을 한번 시도해보라고 이야기한다. 나야 오랫동안 너무나 자연스럽게 혼밥을 해온 사람이지만, 처음 시도하는 사람에게는 어느 정도 용기가 필요한 법이다. 혼자 식당에 들어가 주문을 하고 남들의 이목을 신경 쓰지 않는 척하며 음식을 먹고 나오기까지 불편함도 있을 것이다. 그러나 내가 먹고 싶은 걸 먹을 자유가 있다고 생각하는 한 스트레스는 상당히 감소된다. 혼자 노는 것도 마찬가지다. 내가 하고 싶은 걸 할 때, 그리고 혼자 즐길 자유가 있을 때 그 순간보다 더 큰 행복이 어디 있을까.

삶의 굴곡

비교적 통쾌하게 인생을 살려고 노력해왔지만 알다시피 진짜 인생의 굴곡을 경험하면 통쾌함이고 뭐고 찾을 수 없게 된다. 알아달라는 건 아니지만 나도 고생깨나 했다. 서울 유학 시절은 멋모르는 열네 살 시골 여자아이에게 고단하기 이를 데 없었고, 대학은 전기 후기 모두 합쳐 일곱 번이나 떨어진 후 결국 삼수를 해서 들어갔다. 그나마 삼수하고서라도 대학을 간 건 둘째 언니 덕분이다. 재수를 하고 나서 또 대학에 떨어지자 나는 지방의 전문대에 갈 생각으로 용산 터미널에서 버스를 기다리고 있었다. 그때 어디선가 나타난 언니가 "계숙아, 내가 부모님께 잘 말씀을 드릴 테니 네가 다시 한번 대입 공부를 해보면 좋겠어. 그러니 한 번 더 도전해봐."라고 했다. 언니의 그 말은 재수하고도 시험에 떨어져 쥐구멍을 찾아 들어가고 싶은 주눅 든 내 마음을 한순간에 녹여주었다. 그렇게 세 번의 도전 끝에 대학에 들어가게 된 것이다.

대학 졸업 후에는 이미 여러 번 말했듯이 중식당에서 고행을 하며 우여곡절을 겪었고, 그 후에는 그곳 주방에서 인정받는 주방장으로 남느냐, 아니면 다른 길을 갈 것이냐 하는 갈림길에서 또 삶의 굴곡을 맞닥뜨렸다. 당장 소형차 한 대 살 돈도 모자라는 형편에 이리저리 도움을 얻어 요리를 가르치러 다녔던 것도 삶의 굴곡 가운데 일어난 일이다. 그렇게 굵직한 굴곡이 꽤 있었다.

삶 속에서 때때로 선택의 순간이 찾아왔을 때 통쾌하게 결정을 내릴 재주는 없었다. 그저 갈림길 앞에서 주저하다 더 몰리기 전에 결정을 내렸을 뿐. 그리고 당연한 말이지만 내 결정이 뭐든 통쾌하게 잘 맞아떨어진 것도 아니었다. 매번 이것저것을 재어보고 백지에 적은 것 중에 지우지 않고 남긴 것을 고른 다음 책임을 졌을 뿐이다.

인생은 타이밍이라는 말이 있다. 시기를 잘 맞추는 게 중요하다는 뜻일 것이다. 음식이라면 튀김이 그렇다. 좋은 튀김을 만드는 데 역시 타이밍이 중요하다. 재료가 기름 위로 떠올라 꽃피는 순간, 그 순간을 옆에서 놓치지 않고 바라봐야만 하는 것이다. 특히 멘바오샤라면 기름에서 건져내는 타이밍이 이 요리의 생명이다.

돌아보면 씁쓸하지만 인생의 타이밍에 관해 나에게 교훈을 남긴 일화가 있다. 어느 정도 삶의 기반을 마련했을 즈음, 아는 분과 동업을 해보려고 계획을 세웠다. 요리사들은 보통 자기 간판을 갖고 싶어 한다. 직장인이 정점에 섰을 때 자기 사업을 하고 싶어 하는 것과 비슷하다고 볼 수도 있을 것이다. 더 늦기 전에 자기 이름을 내건 가게를 얻고 싶다는 것은 거창한 창업 이념 같은 걸 생각하지 않아도 요리 업계 어느 주방장이든 품고 있는 희망이리라.

마침 여윳돈이 있던 아는 사람이 동업을 해보자는 제의를 먼저 건넸다. 나는 살고 있던 아파트(1년에 120명이 다녀간 그 집이었다)를 팔아서 자금을 마련했고, 각자 절반씩 투자해서 중화요리점을 하나 꾸리기로 했다. 왜 계약 관계를 미리 확인하지 않았는지는 지금도 미스터리지만 다시 기회가 된다면 아마 그 부분은 꼭 확인할 것이다. 하지만 그때 나는 내 업장, 내 가게를 드디어 갖게 된다는 꿈에 부풀어 올랐다. 기름에 들어간 멘바오샤처럼.

그런데 때마침 동업하기로 한 지인이 내게 점쟁이를 한번 만나보라고 권했다. 암만 그래도 사업을 하기 전에 점을 한번 보는 게 도움이 되지 않겠느냐는 말이었다. 가게 차릴 돈을 마련했다는 기쁨에 부풀어서 아파트를 정리하고 개업만 생각하고 있던 나는 점을 봐서 나쁠 건 없다는 생각에 점쟁이를 찾아갔다. 점쟁이는 아주 명료하게

답을 주었다. "동업 말고, 투자하겠다는 분에게 돈을 빌려서 혼자 해봐요. 아니면 시작하지도 말아야 돼."

영험해 보이는 점쟁이의 한마디에 나는 또 성실하게 동업 예정자를 찾아가 곧이곧대로 말했다. "점을 보고 왔는데 그냥 동업하지 말고 돈을 빌려달라고 하라는디?"

그랬더니 동업 예정자의 대답은 이랬다. "나는 너랑 반반씩 투자해서 이윤이 나도 반반 나누는 걸 원해. 네가 돈만 빌려달라면 나는 싫으니 다른 사람을 알아봐." 그분의 말에 개업에 대한 꿈은 슬프게 허물어졌다.

크게 부풀었다가 순식간에 허물어져버린 그 경험은 내 인생의 타이밍에 대해 다시 생각해보는 계기가 되었다. 내 가게를 차리기에는 아직 요리사로서 스스로 정점에 오르지 않았던 때였을 수도 있고, 다른 조건들도 시기적으로 맞지 않았을 수도 있다. 그런 한편 점쟁이를 만나고 온 것은 동업 예정자의 의중을 확인할 수 있었기에 타이밍이 참 절묘했던 것 같기도 하고…….

바람처럼 왔다가 이슬처럼 가야지

많이 듣는 질문 중 하나가 비혼에 대한 것이다. 비혼이라는 말 자체가 사람들 입에 오르내린 것도 최근 일이다 보니 결혼을 왜 안 했느냐는 질문을 받을 때마다 어떻게 대답해야 할지 처음에는 좀 난감했다. 나는 어렸을 때부터 평생 결혼이라는 걸 하지 말자고 결심한 사람이었다. 그런데 이게 무슨 대단한 신념을 가지고 결정한 일이라도 되는 듯 사람들로부터 호기심 어린 질문을 받을 줄은 또 세상몰랐다.

어디 보자, 처음으로 결혼하지 않겠다고 결심한 건 열네 살 때였다. 중학교 2학년. 중2병이라는 말도 있듯이 그만큼 혼란스럽고 잡생각도 많고 덜 여문 시기일 것이다. 나야말로 특히 그 병을 꽤 앓았던 것 같다. 뭐니 뭐니 해도 우리 아버지가 중학교 2학년 개학날 갑자기 서울에 올려보낸 그 사건이 나를 좀 비뚤어지게 만들었을 수도 있겠다.

그래도 뭐든 계획을 짤 땐 일단 앉아서 사방팔방을 돌아보는 습관은 그 어린 나이에도 똑같았나 보다. 내 마음속 백지 비슷한 것을 펼치고 나는 내 가족과 내 삶을 돌아본 다음 앞으로 내가 어떻게 살아가야 할지 중대 결정을 내리기로 했다. 그렇게 진지하게 고민한 끝에 내린 결론은 평생 혼자 살아야겠다는 것이었다.

우리 가족 구성원은 아무리 봐도 다들 자신의 삶을 살면 그만인 소박한 사람들이었다. 농사꾼인 아버지, 직업 군인인 큰오빠, 철도 공무원인 작은오빠, 언니는 요리학원을 했고……. 그때 내가 생각한 것은 '앞으로 내가 비빌 만한 언덕은 없겠구나.'였다. 모르겠다. 아버지가 만석꾼이셨으면 거기에 비벼볼 생각을 했을까? 안타깝게도 아버지는 만석꾼에는 조금 못 미치는 농사꾼이셨다.

그렇다면 내 성격과 환경을 곰곰이 따져볼 일이었다. 나는 복잡하게 살기 싫어하는 성격이고 일을 벌일 때는 과감하게 하는 사람이다. 그런 사람은 서로의 삶을 짊어져야 하는 결혼 생활에 맞지 않는다는 생각이 들었다. 이것이 1970년대 말에 일찍이 비혼주의자를 낳게 된 단초였다. 중학교 2학년 때 서울에 올라와 처음으로 내린 쓸쓸하고 야심찬 결심이었다고나 할까. 서울은 촌에서 올라온 유학생이 갑자기 감내하기 어려운 도시였는데 거기서 불현듯 삶이라는 것이 그렇게 버겁게 느껴졌다. 이런 삶이라면 누구에게 기대거나 누구를 책임질 게 아니라 그냥 혼자서 살아가야지. 묵묵히.

그리고 얼마 후 조용필이 내 삶에 영향을 주었다. 〈킬리만자로의 표범〉이라는 노래를 아시는지. 그래, 바로 그거다. "먹이를 찾아 산기슭을 어슬렁거리는"으로 시작하는 불세출의 히트곡 말이다. 이 곡 중간에는 이상하게도 내 귀에 딱 들어와 꽂히는 한 구절이 있었다. "바람처럼 왔다가 이슬처럼 갈 순 없잖아. 내가 산 흔적일랑 남겨둬야지."

우습게도 내가 이 노래를 따라 부르면서 떠올린 것은 정반대의 생각이었다. "바람처럼 왔다가 이슬처럼 가고 싶다. 내가 산 흔적일랑 하나도 남겨두지 말아야지." 가족이며 친구들에게 하도 이 얘기를 하고 다녔더니 이제야 흔적을 남기지 않겠다는 나의 선언을 모두 이해해주는 듯하다.

아닌 게 아니라 내가 20~30대를 보내던 시대에 결혼을 하지 않는다는 것은 속된 말로 어디 한군데 모자란 게 아니면 있을 수 없는 일이었다. 그러니 주변 사람들의 당혹감도 충분히 이해할 만하다. 물론 나 역시 이따금 흔적을 남기는 삶에 대해서 생각해본다. 결혼해서 가족을 이루어 오순도순 살다가 손주도 보고, 요리 명인으로 명예의 전당에 손자국을 남기고, 어딘가에 섬 하나쯤 사서 계숙도라고 이름 붙이는 삶? 상상으로는 꽤 재미있지만 나와 어딘가 맞지 않는 삶이 분명하다. 그리고 나는 나와 맞지 않는 삶을 살아갈 수 없는 성질머리를 안고 태어났다. 그러니 이 길에 아직까지 후회는 없다. 아마 신계숙과 제일 맞는 삶을 살아온 것일 테니까.

혼자 사는 게 좋기만 하냐고? 에이 그럴 리가 있나. 전에 친구들과 수다를 떨다가 늘 그렇듯 속 썩이는 남편과 자식에 대해서 여사님들의 지청구가 늘어지기 시작했는데, 한 친구가 불쑥 말했다. "얘, 속 썩일 사람이 집에 없으면 옆집 아저씨라도 찾아와서 속을 썩인단다." 그때는 다들 한바탕 웃고 넘어갔는데 이게 정말로 일어날 수도 있는 일일 줄이야!

하루는 우리 집 바로 아랫집에서 늦게까지 시끌벅적한 소리가 들렸다. 그러잖아도 늦은 밤에 저 집은 왜 저렇게 소란스럽나 의아했는데 아마 옆집 아저씨는 내가 그랬을 거라고 추정한 모양이었다. 물론 나도 사람 초대하는 걸 좋아하긴 하지만 억울하게도 그날 밤중에 떠

든 사람은 내가 아니었다

"아니, 밤새 시끄럽게 떠들더니 왜 안 했다고 하는 거요?"

"안 했으니께 안 했다고 하쥬. 지가 아니라니께유! 저라는 증거를 대봐유!"

실랑이를 오래 끌면서 골치 아파지는 동안 문득 떠올랐다. 그래, 집에 속 썩일 사람이 없으면 옆집 아저씨라도 찾아와서 속을 썩이는구나. 친구야, 네 말이 맞다.

결혼을 하건 하지 않건, 누구와 함께 살건 혼자 살건, 어떻게 살아야 하는지에 대한 질문에 정답이 없다는 얘기를 흔히들 한다. 하지만 그건 아무래도 틀린 소리 같다. 정답이 없으려면 문제도 없어야지. 그러니 내가 생각한 정답을 여기에 적어본다.

정답은 "자기와 가장 맞는 삶의 방식을 고른다."일 것이다. 그래서 요새 누가 나에게 왜 결혼을 안 했느냐고 물어보면 나는 그냥 웃으면서 〈킬리만자로의 표범〉 얘기를 한다. 그게 나랑 가장 잘 맞는, 내게 적합한 삶의 방식이라고.

囍

5장

불과 그릇과 시간

**동파육이
내 인생 요리가 되기까지**

동파육東坡肉

질 좋은 삼겹살을 통으로 한 판 사서 두께가 두꺼운 부분을 잘라 평평하게 만든다. 큰 들통에 물을 부어 삼겹살을 통째로 넣고 파와 생강을 더해 삶아 건진 다음 정육면체 모양으로 반듯하게 썬다. 두꺼운 그릇에 파와 생강, 월계수 잎을 깔고 삼겹살을 넣은 후, 노추라는 진한 중국 간장과 얼음설탕, 소흥주와 간장을 넣고 뚜껑을 덮는다. 이때 밀가루 반죽으로 뚜껑의 틈새를 꽉 막아 여섯 시간 이상 아주 약한 불에서 뭉근히 끓인다.

참선하는 마음으로

둥포러우東坡肉. 중국 북송 시대의 시인 소동파蘇東坡의 이름에서 유래하여 한국에서는 '동파육'(중국요리에서 '고기 육肉' 자는 보통 돼지고기를 뜻한다)이라는 이름이 붙은 별스러운 돼지 삼겹살 요리. 소동파는 황저우에서 지방 관리로 부임해 있던 당시 이 요리를 만들어 백성들에게 나눠주었다고 한다.

왜 동파육이 별스러운지를 묻는다면 이 요리야말로 요리사의 손에 붙으면 붙을수록 더욱더 신기할 정도로 맛이 좋아지기 때문이다. 대개 요리라는 게 능숙해지면 당연히 점점 더 맛있어지겠지만 동파육만큼은 그 맛있어지는 정도가 눈에 띄게 달라져서 나 역시 놀랐다. 아마 내게 별스럽게 잘 맞는 요리였을 수도 있다.

내가 운영하는 유튜브 요리 채널 '계숙식당'에서도 설명한 적 있는데, 동파육은 색色, 향香, 맛味, 세 가지가 조화를 이루어야 비로소 완성된다. 눈으로 보았을 때 자르르 윤기 도는 아름다움, 코끝을 스치는 짙은 간장의 풍미와 향긋함, 입안에 넣는 순간 녹아내리는 고기의 감칠맛. 그것이 바로 동파육을 완성하는 요소다.

먼저 질 좋은 삼겹살을 통으로 한 판 사서 갈비를 빼고 두꺼운 부분을 잘라 평평하게 만든다. 큰 들통에 물을 부어 대파와 생강을 넣고 삼겹살을 통째로 삶은 후 가로세로 5센티미터 크기의 정육면체 모양으로 반듯하게 썬다. 썰어놓은 삼겹살을 다시 끓는 물에 20분간 삶아 건진다. 두꺼운 그릇에 파와 생강, 월계수 잎을 깔고 삼겹살을 넣은 후, 노추라는 진한 중국 간장과 얼음설탕, 소흥주와 간장을 넣고 뚜껑을 덮는다. 이때 밀가루 반죽으로 뚜껑의 틈새를 꽉 막아 여섯 시간 이상 아주 약한 불에서 뭉근히 끓인다. 동파육은 한 달에 몇 번씩 만드는 요리이지만, 이걸 만드는 동안에는 매번 참선하는 마음이 된다.

소동파의 고장인 황저우를 방문해 동파육을 처음 먹어본 후 나는 동파육에 대해서 연구하기 시작했다. 향원에서 일하던 당시에는 동파육이라는 메뉴가 없었는데 꾸준히 틈날 때마다 미식 기행을 다니던 중 황저우의 러우와이러우樓外樓라는 음식점에서 마치 디저트처럼 부드럽게 녹아내리는 동파육을 만나보았다. 이 음식점은 청나라 시대 별장을 레스토랑으로 바꾸어 바로 앞에 있는 '시후西湖(서호)'라는 호수의 풍경을 보면서 청대 요리를 맛볼 수 있는 운치 있는 곳이었다. 그런 다음 황저우의 음식 박물관인 항방차이박물관杭幇菜博物館에 전시된 동파육의 모형을 보고 소동파의 시를 읽으며 황저우 사람들이 생각하는 동파육의 전형을 알아내려고 노력했다. 그 후 나는 틈을 내어서라도 동파육을 만들고 또 만들었다.

그렇게 연구해가는 동안 삼겹살과 그릇, 불, 양념이 어떤 상태가 되어야 진정한 동파육이 되는지를 알게 되었다. 그렇게 되기까지 내가 돼지인지 돼지가 나인지 도통 알 수 없을 정도로 돼지의 삼겹살을 수없이 다듬고, 들숨에 간장 날숨에 간장 냄새가 절로 날 만큼 오래오래 뭉근히 끓였다. 요리 연구에서 참 신기한 것은 내가 선택한 변수들이 확실한 맛으로 돌아오곤 한다는 점이다. 시간과 양념 배합과 불 안배를 이리저리 맞추면서 나는 내 인생의 동파육을 완성해가고 있다. 현재의 내 동파육에 대해 말하자면, 지금 나에게 맞는 완성형이라고 해야 할까.

몇 년 전 학교에서 상하이와 황저우로 연수를 다녀온 적이 있었는데, 그때 같이 갔던 동료 교수님 한 분이 항저루의 러우와이러우 동파육보다 신계숙의 동파육이 훨씬 더 맛있다고 하셨다. 그 후로도 나의 동파육 연구는 쉼이 없었으니 지금의 동파육은 어느 단계에 와 있을지 사뭇 궁금하다.

공자가 인간의 나이를 구분해 붙인 명칭이 참 재미있다. 잡스러운 유혹에 더 이상 헤매지 않는다는 40세 불혹, 제 주제를 알게 되는 50세 지천명, 그리고 남의 말을 부드럽게 들을 줄 알게 되는 60세 이순.

불혹을 거치고 지천명을 거쳐 벌써 이순에 달해 가는 지금, 내가 만든 동파육은 꼭 디저트처럼 부드럽다. 한 후배는 내가 만든 동파육을 먹고서 "언니 동파육은 그냥 동파육이 아니고 티라미수 같은 동파육인데!"라고 했다. 후배에게 이런 과분한 칭찬을 받다니, 나는 이 요리가 퍽 마음에 든다. 내 인생 요리라고 해도 좋을 정도다. 매번 참선하는 마음으로 정성을 다해 만들어내는, 나를 대표하는 요리. 만들면서 많은 시행착오를 거친 끝에 땀과 정성으로 빚어낸 결정체인 것이다.

한 우물을 파듯이 한 가지 일에 오래 매달리면 눈을 감고도 그 일을 할 수 있게 된다고 한다. 시장에서 오래 일한 청과상은 냄새로도 싱싱한 과일을 알아내고, 정육점에서 오랫동안 고기를 다루어온 사장님은 포정이 소의 뼈를 발라내듯 고기 속의 뼈가 선할 것이다.

최근에 '근자감'이라는 말을 들었는데 '근거 없는 자신감'의 약자라고 해서 피식 웃었다. 그리고 곧바로 동파육을 떠올렸다. 내게 혹시라도 자신감이 있다면 그 근거는 무엇일까. 아마도 눈을 감고서라도 동파육을 만들어낼 수 있다는 것 아닐까.

다만 눈을 감고도 뭔가를 해낼 수 있을 만큼 열심히 오래 해온 하나의 재주는 '근거 있는 자신감'을 만들어준다. 향기만으로도 좋은 과일을 골라내는 청과상처럼, 눈을 감고도 돼지를 발골해내는 정육상처럼, 모두 그렇게 열심히 살아온 증표인 것이다.

눈을 감고도 뭔가를 할 수 있는 이들에게, 그리고 이제 눈을 감고도 뭔가를 해보려고 노력 중인 이들에게, 지금 당신의 앞에 놓인 결과물은 당신이 걸어온 길이고 경험과 도량을 모은 것이라고 얘기하고 싶어서 동파육을 준비했다. 처음에는 코로 향을 맡고, 그다음 눈으로 윤기와 색을 보고, 마지막으로 젓가락으로 집어 한 점 맛보는 것이다. 내가 만든 동파육이 입맛에 부디 맞으시기를.

나의 중국 친구들

친구 얘기를 해야겠다. 이것만큼은 책을 쓰기로 결심한 순간부터 이야기하고 싶어서 쭉 벼르고 벼르던 부분이다. 내게 『수원식단』이라는 청나라 고조리서를 안겨준 우샤오창吳曉強, 그리고 내가 암만 읽어도 이해되지 않는 부분의 번역을 흔쾌히 도와준 베이징어언대학의 자오동메이趙冬梅 교수와 우리 대학 중국어과 천잉陳英 교수.

인연이라는 건 참으로 재미있다. 어쩌면 그렇게 필요할 때 쏙쏙 나타나서 고마움을 남기고 서로가 서로를 돕게 되는지. 신이 계셔서 그 어딘가에서 바둑판 놀이를 하시는 게 아닌가 싶을 정도로 참으로 기가 막힌다.

1996년 나는 상하이음식복무학교에서 6개월 단기 과정을 수학했다. 당시 주방에서 일하던 우샤오창이 어느 날 내게 작은 책 여러 권을 주었다. 중국의 음식에 관한 고문헌으로 1984년에 한 출판사에서 문고본으로 다시 펴낸 것들이었다. 친구는 학교 도서관에서 이 책들을 빌렸는데 학교가 곧 문을 닫게 되어 책을 반납하면 폐기될지도 모른다고 하면서 나에게 건네주었다. 한국에 돌아가서도 중국요리에 대한 연구를 더 많이 해주길 바란다는 말도 덧붙였다.

숙소로 돌아와 책을 한 권씩 훑어보기 시작했는데, 그중 『수원식단』이라는 책에 유독 눈길이 갔다. 이것도 인연이라는 건가. 두고두고 보게 될 것 같은 예감이 드는 그런 책이었다.

아니나 다를까 이게 웬걸? 읽으면 읽을수록 문인이자 풍류인이자 요리인인 저자 원매袁枚의 인생 철학이 고스란히 살아 숨 쉬고 있었다. 요리하는 사람이라면 꼭 읽어봐야 하는 책이겠구나 싶었다.

우샤오창에게는 아직도 감사한 마음이 가득하다. 하필이면 그때 그 도서관에서 제일 연구하기 어렵고 깊이 있는 책들만 쏙쏙 골라준 덕분에, 나는 여태까지 심심하지 않게 지내고 있다.

『수원식단』은 요리사가 꼭 알아야 할 계명과 해서는 안 될 계명으로 시작한다. 읽다 보면 요리사의 계명이 아니라 그냥 인생을 사는

隨園食單

사람들에게 통할 만한 교훈들이 가득하다. 예를 들어 볼까.

"요리사가 알아야 할 일, 재료에 대하여 반드시 알아야 한다." 이것만큼 내게 와닿은 한마디도 없었다. 우리 삶을 요리에 비유해보자면 재료란 결국 우리가 만나는 모든 것이다. 곡물을 먹여 살지게 기른 오리와 옥토에서 자란 죽순처럼 좋은 재료를 만난다는 것은 결국 연을 맺는 것이요, 그에 못 미치는 재료를 만난다고 해도 반드시 그게 뭔지 잘 '알고 있어야' 좋은 음식을 낼 수 있다. 나는 이 책을 통해 재료와 대화하는 요리사가 되어야겠다는 결심을 다졌다.

"요리사가 해서는 안 될 일, 이치에 맞지 않게 억지로 하면 안 된다." 이 또한 내게 와닿은 원매 선생의 가르침이었다. 사과는 아삭한 맛으로 먹는 재료이거늘, 사과를 억지로 찌거나 말려서 포를 만들어 먹을 필요는 없다. 애써서 모양을 예쁘게 만들어봤자 자연만 거스르는 꼴이 된다. 이건 요리뿐만 아니라 내 인생관에도 영향을 미쳤는데, 신계숙이 생긴 대로 신계숙답게 살아야 "신계숙 맛이 날 것이다."라는 것이었다.

내 인생 프로젝트 『수원식단』 이야기로 다시 돌아가, 우샤오창이 책을 선물하고 자오동메이와 천잉이 어려운 부분을 도와주었던 것처럼 살다 보면 참 뜻하지 않은 프로젝트가 갑자기 내리는 눈처럼 찾아오는 것 같다. 난들 그 조그만 중화요리점에서 8년이나 뭔가를 튀겨낼 줄 알았을까. 난들 청나라 고조리서 강독회에서 시작한 작은 공부 모임이 계향각에서 그토록 소중한 인연들로 연결될 줄 알았을까. 방송도, 또 지금 이 책도 내게는 갑자기 내린 눈처럼 뜻밖의 풍경이다.

이 풍경을 당황하지 않고 즐기기 위해서는 한 가지 확신이 필요할 것이다. 거기 어딘가 도와줄 인연이 있을 것이라는 믿음. 처음 상하이에서 낯선 풍경에 긴장하고 있던 나에게 신념에 찬 얼굴로 네가 이 문헌을 연구해야 할 것이라며 책 더미를 건네주었던 친구처럼, 책에 인용된 고문헌의 출처와 뜻을 살갑게 알려준 친구처럼.

그들과 함께 열띤 토론을 벌이던 저녁 식탁과 서로의 나라를 찾으면서 쌓은 호의가 만들어낸 깊은 정을 생각하면 더 열심히 이 모든 것을 제대로 해야겠다는 의욕이 들지 않을 수 없다.

모든 성공적인 삶의 프로젝트에는 뜻하지 않은 친구가 찾아오게 마련인 것 같다. 나는 내 삶의 중요한 순간마다 그렇게 친구들을 만났다. 친구와 일은 그렇게 한번에 찾아와 인생을 더욱 빛나게 해준다. 이 자리를 빌려 내 모든 친구들과, 또 그들과 함께했던 모든 일들에 경의를 표하고 싶다.

보시다시피 선생이자 학생

소동파에 대해 얘기해볼까. 그는 황저우黃州에서 유배 생활을 할 때 「저육송猪肉頌」이라는 시를 지었는데 풀이하자면 '돼지고기를 찬미하는 노래'쯤 되겠다. 그런데 이 시의 내용이 참 재미있다. 동파육이라는 맛있는 요리가 머릿속에 그려지는 맛깔 나는 시다.

깨끗이 씻어 물을 조금만 붓고
땔감에 불꽃이 일지 않고 연기만 가득하네
고기가 익기를 재촉하지 말게
화력이 충분하면 제 스스로 익을 것일세
황저우의 돼지고기 맛이 일품인데

부자들은 그 맛을 무시하고
가난한 사람들은 몰라서 못 먹네
아침에 일어나서 두 그릇 먹으면
왕인들 부러울까

황저우에서는 돼지고기 값이 엄청나게 쌌다고 한다. 소동파는 비록 유배지를 전전하며 한직을 돌았지만 자기가 있는 곳에서 그는 뭔가를 배우고 가르치려 했다. 백성들이 맛있게 먹을 수 있는 싸고 획기적인 고기 요리가 눈앞에 있었던 것이다. 중국 저장성 사오싱紹興(소흥)에서 주로 생산하던 발효주인 소흥주와 간장을 넣고 약한 불로 오래 익히면 나오는 최고의 요리 비결. 「저육송」이라는 시가 바로 동파육의 레시피나 다름없다.

나로 말하자면 강단에서 가르친 지는 22년째니 이제는 어색함도 사라졌다. 처음에는 내가 누군가에게 뭔가를 가르친다는 것이 학생들과 약간 내외하는 것처럼 쑥스러웠던 것도 사실이다. 하지만 충남 합덕에서 최초로 칠판을 개인 소유하고 동네 친구들을 모아 한자를 가르치며 학교 놀이를 하던 일곱 살 꼬맹이의 이력은 어디 가지 않아서 곧 익숙해졌다. 무슨 일을 하느냐고 누가 물어도 "학교에서 가르치는 사람이유."라고 어색하지 않게 대답한다.

가르치다 보면, 항상 내가 가르치는 것보다 더 많이 배우고 있는 것은 아닌가 하는 생각도 든다. 내가 가르치는 학생들은 어떻게 보면 모두 나에게 소중한 배움을 주는 존재들이다. 가끔은 학생들을 보면서 마음속으로 이런 생각을 한다.

'얘들아, 나도 요리를 시작할지 말지 고민하던 병아리 시절에는 말이다. 중문과를 나와서 어떻게 얼떨결에 중국집 홀 서빙부터 시작을 했지. 한동안은 주방에서 웍을 잡고 밥 먹고 사는 게 정답인 것 같아서 그 길만 보고 걷다가 몇 차례 좋은 기회를 잘 잡았는데, 그런 것들도 사실 모두 쉽지만은 않았단다. 놓친 기회도 엄청나게 많았고 속상하고 힘든 일도 많았지만 그때마다 나는 또 불 앞에 서서 다음 요리를 준비해야 했어. 주문은 언제든 밀려오는 법이지.

그렇게 살아오는 동안 내가 동파육을 몇 접시나 만들었겠니. 소맷부리에서 돼지기름 냄새가 떠나지를 않을 정도였다. 그렇지만 지금 당장 이 삼겹살 손질을 꼼꼼하게 해야 또 다음 동파육을 제대로 만들 수 있는 법이거든. 너희도 매순간 자신의 소맷부리에서 무슨 냄새가 나는지를 항상 잊지 말고 체크해봐라. 그게 어

쩌면 네 인생의 한 접시로 남을 수 있는 요리일지 모르니까.'

가르치는 사람으로서 나는 강의실의 학생들 한 명 한 명에게 마음속으로 그렇게 말을 걸고 있다. 그러면 그 친구들 역시 어엿하게 한 몫을 해내면서 내게 또한 말을 걸고 있다는 것이 느껴진다. 서로가 서로를 가르치고 배우는 것, 단순히 요리만이 아니라 어떻게 살아가야 하는지에 대해서 서로 뜻을 나누는 것이 참다운 교육이자 배움이라는 생각이 든다.

한 사람이 자신의 일을 제대로 해내기란 말처럼 그리 쉽지 않다. 한 사람 몫을 한다는 표현은 주방에서 꽤 큰 칭찬이다. 그리고 좀 얄궂지만 한 사람 몫을 하게 된 뒤에도 인생은 계속된다. 한 사람 몫을 아직 해내지 못하는 아이를 가르칠 때도 그 아이에게서 뭔가를 배운다. 계속 가르치는 한 계속 배우게 되는 것이다. 그뿐이겠는가. 내 불판 앞에서 제대로 된 요리도 계속 내가야지.

함께하고 있는 학생들과는 어떻게든 밥을 먹곤 한다. 다이어트 하는 학생도 있고 교수랑 같이 밥 먹는 게 불편한 학생도 있을 수 있다. 하지만 나는 나에게 상담하러 온 친구들하고는 적어도 짜장면 한 그릇이라도 같이 먹자는 주의다. 아니 잠깐, "내가 살아봐서 아는데 나

때는 말이야……" 같은 말을 하려는 것은 아니다. 부담이 있으면 밥이 맛없어지지 않나. 그래서 더더욱 제자들과 함께 밥을 먹을 때는 명확한 규칙이 필요하다. 같이 밥을 먹으면 아끼지 말고 쏘기.

함께 밥을 먹으면서 제자들 얘기를 듣다 보면 나 역시 외연이 확장되는 것을 느낀다. 지금 학교에서 일하지 않았으면 내가 알 수도 없었을 세계다. 그들은 내가 모르는 스마트폰 앱 사용법을 가르쳐주고, 내 SNS에 '좋아요'를 눌러주고, 무엇보다 내가 사랑하는 요리에 대해서 젊은 시각을 가르쳐준다.

나에게 가르친다는 것은 시종일관 그저 배움이었다. 아니, '배움이었다'라는 과거형 대신에 어쩌면 현재진행형으로 말해도 좋을 것 같다. 대학에서 매년 만나는 신입생들에게서 요리에 대한 각오를 듣고, 그들의 배경을 이해하고, 나아가 함께 미래를 그려보는 것만으로 나는 또 한 수를 더 배우게 된다. 그렇게 배우고 있다.

다시 동파육으로 돌아가, 이 요리를 잘 만들어내기 위해서는 신선한 삼겹살과 두꺼운 그릇, 은근한 약불이 필요하다. 이것을 알아내기까지 돼지에게서 많은 것을 배웠으며, 그릇과 불, 또 시간으로부터 정말로 많은 깨달음을 얻었다. 소흥주와 간장 등의 양념과 대화를 하고 가르침을 주고받았다. 모두 가진 성질대로 함께 어우러졌을 때

최상의 맛이 나온다는 가르침이다. 시간과 방법이 제대로라면 조미료가 넉넉할 필요도 없이, 재료들이 서로 가르치고 배워서 좋은 요리가 나온다.

어쩌면 소동파 선생도 묵직한 질그릇에 가득 담긴 윤기 나는 동파육 껍질을 보며 시가 절로 나올 만큼 기뻐셨을 것이다. 재료와 대화하고 배우며 가르치고, 또 거기서 배우는 그런 즐거움 말이다. 이것이야말로 내가 강단에 설 때 잊지 않으려고 되새기는 마음이다.

6장

손꼽아볼 일이 헤아릴 수 없어

족발 하나의 다채로움

족발蹄膀

중국요리에서 족발은 조리하는 방법에 따라 다양한 맛을 내는 팔색조 같은 주재료다. 돼지 족에 술과 간장, 향신료 등을 넣어 무를 정도로 삶아내기도 하고, 말린 새우로 만든 육수에 술과 간장을 넣고 끓여도 된다. 돼지 족을 삶은 다음 기름에 튀겨 껍질이 쭈글쭈글해지면 양념 재료를 넣고 붉게 조릴 수도 있다. 써는 방법에 따라, 넣는 양념에 따라 다양한 맛이 나는 다채로운 요리.

족발과 조청의 시간은 느리게 흐른다

〈신계숙의 맛터사이클 다이어리〉 첫 번째 편을 준비하던 중 담당 PD로부터 통영에서 강제윤 시인과 함께 출연할 거라는 소식을 들었다. 시인이 오신다고 하니 갑자기 내가 쓰던 언어를 정제해야 할 것 같았다. 강제윤 시인은 우리나라 섬을 지키고 가꾸기 위해 많은 일을 하시는 분이라고 한다. 섬과 시라……, 아직 뵙지는 않았지만 어떤 분인지 대강 감이 잡혔다.

며칠 동안 시는 무엇일까 하는 생각이 문득문득 떠올랐다. 그러다 문학을 음식에 비유할 수 있지 않을까 하는 생각에 이르렀다. 언어라는 재료로 음식을 만든다면 문학이 되지 않을까 하는 생각.

그중에서도 시란 언어가 응축될 대로 응축되어 졸여진 상태일 것 같았다. 음식 중에서 시처럼 응축되어 만들어진 것은 무엇일까. 머릿속에 떠오른 것은 '엿'이었다. 은근한 불에 오래오래 졸여서 만들어내는 엿처럼, 시도 오래오래 생각을 정제하여 말의 정수를 뽑아내는 것 같았다. 시도 엿처럼 오랫동안 아궁이 앞에 쪼그리고 앉아 약불을 지키면서 졸아드는 내내 커다란 주걱으로 한참을 저어야 완성되는 그런 맛이 아닐까.

나는 촬영장에서 강제윤 시인을 만나 시에 대한 이야기가 나오자마자 대뜸 "시는 엿 같어유."라고 말했다. 시인은 왜 그렇게 생각하느냐고 내게 이유를 물었는데, 나는 "시도 엿처럼 고아야 만들어지잖아유."라고 대답했다.

그렇다면 우리 인생에서 가장 오래 고아낸 관계란 무엇일까? 아마도 부모와 자식 관계일 것이다. 그중에서도 특히 엄마와 딸의 관계는 티격태격하는 친구 같다가도 찡하고 짠한 애틋함도 많다. 나에게 우리 어머니는 거의 모든 딸내미들이 그러하듯 세상에서 가장 각별하고 모질고 애틋하고 그리운 분이다. 어머니를 생각하면 꼭 아버지 회갑 때 손님상에 올릴 과줄을 만들기 위해 오래오래 고아내던 조청처럼 달착지근하면서도 쌉쌀한 맛이 떠오른다.

충남 합덕의 옛날 초가집 부엌 아궁이 앞, 어린 나는 어머니가 믿고 불을 맡기는 똘똘한 막내였다. 밥을 지을 때면 마른 짚단을 한껏 끌어다 센 짚불을 일으켰고 조청을 고아낼 때면 고 째만한 게 쪼그리고 앉아 내내 약불을 지켰다. 어머니는 무거운 주걱으로 허리가 나가도록 끈적한 조청을 젓고 딸은 불티에 눈이 아무리 따가워도 부엌에서 맡은 일을 지켰다. 그런 말없는 시간과 가마솥에서 졸여지던 조청의 향이 내게는 그리운 고향의 맛이자 어머니와의 애틋한 한때를 모두 담고 있다.

어머니는 요리를 참 잘하셨다. 밥이란 그저 빨리 먹어야 나가서 뛰어놀 수 있는 숙제 같은 것이었던 어린 시절에는 딱히 어머니의 요리가 어떤지 가타부타 생각할 겨를이 없었다. 하지만 이제 어머니를 보내드리고 3주기도 넘은 지금에서야 돌아보면 어머니는 동리에서 손맛 좋기로 유명한 분이셨던 것 같다. 어머니의 음식을 먹고 그걸로 뼈와 살을 만든 나의 혀 속에도 어쩌면 당신의 요리 기풍이 조금은 담겨 있지 않나 싶은 생각이 든다. 어머니의 그 칼큼하고 슴슴하되 어떤 때에도 지나치지 않는 음식의 맛.

그렇게 시간이 흐르고 어머니가 고아주신 조청 맛을 알고 자란 나에게도 푹 고아서 만든 음식을 어머니에게 대접할 기회가 생겼다. 평생 중국요리를 해온 딸이지만 짜장면 한 그릇을 만들어드린 게 언제였는지 기억이 가물가물하던 차였다.

대학 보내놨더니 중국집 식모살이나 하고 있느냐는 아버지의 말에 나를 대신해 안심시켜주신 어머니. "엄마, 나 요리하기로 했슈."라고 했더니 "여기저기 그릇 팔러 댕기남?"이라 하시며 땅이 꺼지게 걱정하셨던 어머니. 문화센터 강사로 한창 날리던 시절에도, 젊은 날을 지나 특강 초빙 강사로 기업 강연을 돌던 시절에도 나 하나 먹고살기 바빠서 어머니를 보살필 겨를이 없었다. 대학원에 가서 학위를 따고 교수로 임용되어 늦게까지 연구실에 남아 일을 할 때는 더욱더 당신이 어디서 무엇을 하시는지 돌아볼 짬 같은 것은 없었다.

그러던 와중에 어머니는 구순을 넘기고 척추 뼈가 두 개나 부러져 대전 요양원에서 누워만 지내게 되셨다. 장안에 소문이 파다한 딸내미 요리도 이제는 소화하기 어려운 상태가 되셨고, 뭐 좀 드셨느냐고 여쭈면 입맛이 없다는 대답만 돌아왔다. 그러던 어머니가 유일하게 맛있게 드셨던 음식이 바로 내가 만든 족발이었다. 요양원에 모시고 거동이 어려워진 당신에게 처음으로 푹 삶은 족발을 대접해드렸던 것이다. 동료 교수들이며 친구며 남들과 연을 부단히도 열심히 만들던 시간이 지나고 나서야 드디어 우리 어머니에게도 내가 만든 음식으로 기억을 만들어드릴 수 있었다.

어머니가 편하게 드시기를 간절히 기원하며 오래오래 정성을 다해 삶고 고았던 족발만큼은, 젓가락 들 힘도 없었던 분이 뼈만 앙상한 손가락으로 쥐고서 한두 개는 잡숴주셨다.

어머니께 드릴 족발을 살뜰히 싸 들고 대전역 앞 소제동 냇가를 건너면서 내가 여길 몇 번이나 더 올까 눈물을 삼키곤 했다. 다음에는 더 맛있게 해드릴 테니 한두 점만 더 잡수시라고 사정했던 기억이 아직도 생생하다. 그렇게 열 달 동안 어머니 수발을 들면서 나는 잃었던 혹은 놓칠 뻔했던 하나의 귀한 관계를 고아냈다.

나이를 먹은 나는 족발을 할 때마다 점점 더 실력이 늘어갔다. 지금 꺼내놓은 족발을 보면 윤기와 그 빛깔이 어머니에게 가져다 드리던 것보다 더 곱고 반드르르하다. 어떻게 보면 어머니가 그리울 때마다 그렇게 족발을 삶았기 때문이기도 할 것이다. 내 어머니의 기억이 깊이 밴 요리, 매번 더 맛있어지고 매번 더 애틋해지곤 한다. 다음에 삶을 때는 더 깊은 빛이 돌고 더 깊은 맛이 들리라.

어머니는 밀양 박 씨에 이름은 '옥금'으로, '구슬 옥玉' 자에 '이제 금今' 자를 썼다. 오래 삶고 고아내되 정도를 알아야 맛있게 만들 수 있는 이 족발 요리에 나는 슬쩍 '옥금족발'이라고 우리 어머니 이름을 붙였다. 이제 내 삶의 구슬이 될 요리라고 생각하면서.

마음을 담은 요리, 진심을 담은 말

삶도 요리도 내게는 평생을 가져갈 연구 대상이다. 어떻게 하면 더 멋있게 살지, 어떻게 하면 더 맛있게 만들지에 대한 문제인데, 이건 둘 다 끊임없이 생각에 생각을 요한다. 꼭 실험 같은 것이다. 매일같이 더 나은 방법을 찾아서 이리저리 조금씩 각을 재어본다. 혼자 살아가는 인생에서 각도기까지 갖춰야 하느냐며 피곤하게 들리겠지만 늘 그렇게 긴장감을 가지고 실험을 해본다. 그 실험 주제 중에서 한 가지 비결을 찾은 게 있는데, 바로 사람들과 교류하는 방법에 대한 것이다.

비결은 내 눈앞에 있는 사람에게 최선을 다하는 것이다. 그리고 밥 한 끼를 대접하는 것. 정성을 담은 따끈한 밥 한 끼도 때로는 귀한 손길이 된다. 이 비결은 내가 살아오면서 맺은 한 인연으로부터 배웠다. 한식당 '봉우리'를 운영하시는 이하연 명인은 한때 내가 주간지에 음식점을 소개하는 칼럼을 연재하고 있을 당시 기사를 쓰기 위해 찾아뵈었던 분이었다. 그분은 처음 본 나에게 보리굴비로 한 상을 차려주셨다.

정갈하게 차린 반찬과 차게 식혀 그릇 바깥에 이슬이 맺힌 좋은 녹찻물, 그리고 튼실한 보리굴비 한 마리. 보리굴비는 귀한 음식이다. 귀하디귀한 굴비를 더 오래 두고 먹기 위해 덕장 바닷바람에 꾸덕꾸덕하게 말려놓는다. 그다음에 곰팡이가 피지 않도록 깨끗한 보리가 담긴 독에 묻어 오랜 숙성 과정을 거쳐야 제대로 만들어진다. 맛있는 지방이 껍질까지 노랗게 한껏 차오른 굴비를 잘 쪄내어 이가 시릴 정도로 차가운 녹찻물에 만 밥과 함께 한입 가득 삼킨다. 수더분하지만 고급스럽고 참 기분 좋은 늦여름의 감칠맛이다. 제대로 만든 보리굴비는 쉽게 먹을 수도 없거니와 가공하는 데 품이 많이 들고 까다로운 식재료다.

오랜 친분이 있는 사이도 아니고 그저 여쭤볼 일이 있어 찾은 내게 그렇게 귀한 것을 한 마리씩 대접해주시는 걸 보면 다른 사람들이 찾아왔을 때에도 분명히 한 상 가득 마음을 담아 대접하셨으리라. 그런데 신기하게도 거기서 대접받은 보리굴비 밥상은 먹으면 먹을 수록 어머니가 차려주시던 밥상 냄새가 났다. 대접의 진심이 가슴 깊이 와닿은 것이다.

그때 이하연 명인은 다른 일로도 도움을 주셨지만 깨달음을 하나 더 주셨다. 내 인생의 작은 실험이 또 하나 가동되었다. 나도 나를 찾는 사람에게 귀하고 맛있는 걸 내주자, 그러면 대접의 진심이 그 사람에게 가닿겠지, 그런 깨달음이었다.

누군가에게 대접을 한다면, 생선은 물이 좋아야 하고 고기는 빛이 선명해야 하며 채소는 물기가 생생해야만 한다. 그렇지 못한 것은 한 턱을 낼 때도, 한 상을 차릴 때도 절대 내놓지 않는다. 진심을 다하지 않으면 무조건 안 내놓느니만 못한 것이 밥상이라는 것. 그래서 나는 진심을 가득가득 채워서 손님을 초대하고 일을 의논하고 여행을 계획하고 다음 학기를 준비한다.

중국요리 중에서 내가 오래 연구해온 재료로 족발을 빼놓을 수 없다. 요즘에는 어디서든 손쉽게 족발을 사 먹을 수 있지만 누군가를 대접할 때 종종 직접 삶은 중국식 족발 요리를 한 접시 올리곤 한다. 보리굴비만큼 귀한 재료는 아니더라도 요리로 만드는 데 손이 제법 많이 가고, 손질부터 조리까지 시간과 정성을 필요로 한다. 어머니가 요양원에 계셨을 때 유일하게 즐겨 드셨던 음식이라 자주 삶아 갖

다드렸고, 한때는 족발 연구에 심취해서 이렇게도 잘라보고 저렇게도 잘라보고, 향신료도 이것저것 넣어보며 다양하게 연구했었다. 그렇게 요리한 족발을 이웃이며 친구며 후배며 불러모아 부지런히 나눠 먹었다. 신기하게도 족발을 삶으면서 마음과 정성을 가득 담으면 하나같이 다들 맛있다는 반응이었다. 한 후배가 족발을 맛보고 나서 "언니 족발 물올랐네."라고 감탄하는 바람에 나는 또 족발을 사다 저녁 내내 삶아댔다.

보시 중에서도 밥 한 그릇의 보시만 한 선업도 없다는 말이 있다. 밥 보시를 잘하면 일에 막힘이 없다고도 한다. 좋은 마음을 담아 준비한 밥상이 사람의 마음을 움직이게 한다는 뜻일 것이다. 내가 대접받은 보리굴비나 내가 나눠준 족발이 그저 음식 한 접시에 불과할 수도 있겠지만, 거기에 마음이 담겨 있었기에 더 맛있고 더 귀하게 느껴지는 거라고 나는 생각한다. 그러고 보면 사람을 대할 때 비단 음식을 대접하는 것뿐만 아니라 마음을 대접하는 것도 참 중요한 일인 것 같다.

진심을 제대로 전하려면 말 한마디에도 정성이 있어야 한다. 오랜 시간 상대를 알고 그 사람을 걱정하고 그의 고민을 함께 나누려는 마음이 있어야 가능한 일이다. 진로를 걱정하는 학생들, 찾아와서 상담을 부탁하는 친구들, 업계의 지인들에게 나는 언제나 진심을 대접하기 위해 머리를 굴린다. 어느 날 한 제자가 찾아와 고민을 털어놓았다.

"교수님, 제가 요리를 계속해야 할까요?"

"음…… 많이 힘들구나."

"그것도 그렇고 저는 재능이 없는 거 같아서."

"마음이 즐거운데 몸이 힘드냐, 아니면 즐겁지도 않고 몸도 힘드냐."

상대의 몸과 마음의 상태를 깊이 헤아리지 못하면 조언을 하기는 참으로 어려운 일이다. 이런 경우 내 생각은 이렇다. 몸은 힘들지만 마음이 즐겁다면 그 일은 계속해도 되는 일이고, 몸은 힘들지 않아도 마음이 하나도 즐겁지 않다면 하던 일을 그만두고 다른 일을 찾아야 할 것 같다. 사람들은 어떤 일을 결정할 때 계속 다른 사람의 동의를 구하고 싶어 하는데, 다른 사람에게 묻기 전에 먼저 내 마음에게 물어야 하는 것이다. 그렇게 나는 최대한 진심을 담은 말을 전해주려 한다. "마음이 좋으면 다 좋은 거여. 그 정도면 잘하고 있는 겨. 조금만 더 해봐."

다채롭다는 말

방송 덕분에 사람들을 많이 만나게 되는데 얼마 전 누군가로부터 "인생을 참으로 다채롭게 사시네요."라고 하는 말을 들었다. 참 고마운 말이다. 그만큼 삶의 스펙트럼을 넓히면서 열심히 살고 있다는 뜻으로 감사히 받아들이고 싶다. 그런데 여기서 또 곰곰이 생각해볼 문제가 생겼다. '다채多彩'란 게 대체 무엇일까. 글자의 뜻을 보면 색채가 다양하다는 의미다. 그렇다면 내 인생에 색채가 뭐가 그렇게 많다는 거지? 색채가 다양하다는 의미를 요리에 적용하자면 족발 요리 정도가 되지 않을까?

꼬들꼬들한 돼지 족에 다종다양한 양념과 향신료를 더해 오케스트라의 지휘자처럼 요리할 수 있다. 내가 무엇을 넣고 어떻게 요리할지는 오로지 내 선택에 걸려 있는 문제다. 팔각을 넣으면 오향장육 느낌이 나고 사천요리에 많이 들어가는 산초를 듬뿍 넣으면 얼얼한 요리가 된다. 조금 이국적인 맛을 내보고 싶다면 양고기에 자주 쓰이는 쯔란을 곁들인다. 그러면 아랍풍의 요리 느낌도 난다.

살면서 여러 가지 실험을 해오는 동안 족발이라는 재료만큼 내 실험혼을 자극한 것도 없었다. 원재료 값만 치자면 가격 대비 양이 많고, 사람들이 넉넉하게 먹을 수 있는 서민 요리 중 하나다. 식재료 가운데 이 정도로 다채롭게 표정이 바뀌는 것도 드물다.

고백하자면 아직도 갈 길이 멀다. 족발에 대해서는 매일이 실험과 연구의 나날이다. 그만큼 다채로운 요리라는 의미다. 조금만 각도를 바꾸어도 맛과 향이 달라지는 요리. 그야말로 도전 의식을 자극하는 과업이 아닐 수 없다.

원매 선생이 쓴 『수원식단』에는 족발을 만드는 방법이 네 가지가 나온다. 그중 하나를 직접 해보니 족발을 4등분할 때와 8등분할 때의 차이는 확연했다. 『수원식단』을 공부하러 오는 사람들에게 그 차이를 맛으로 알려주기 위해 나는 오늘도 주방에서 직접 청나라 고조리서에 나온 족발 요리를 재현하고 있는 것이다.

내 삶을 더욱 다채롭게 만들어준 것들 가운데 하나는 앞서도 말했지만 『수원식단』이었다. 연구실(정식 명칭은 한중식학연구소)이기도 한 후암동의 계향각에서는 주말마다 『수원식단』을 함께 공부하는 모임이 열린다. 이 모임은 옛날 중국 요리책을 같이 읽는 것에 그치지 않는다. 그 책에 담긴 의미에 대해 강의를 하고, 함께 이야기를 나누며, 무엇보다 밥을 같이 먹는다. 청나라 시대의 요리를 재현한 것일 수도 있고, 그냥 같이 먹고 싶은 맛있는 중국요리일 때도 있다.

『수원식단』을 번역하던 당시에는 이명 현상이 생길 정도로 열중했었다. 책을 읽으면서 이것이 무엇으로 연결될지는 당연히 상상도 하지 못했는데, 그 책이 신기하게도 한국어판으로 출간까지 되었고 이러저러하다 보니 『수원식단』을 통해 무수한 인연과 만남이 생기게 되었다.

사실 계향각에서 열리는 『수원식단』 공부 모임은 출판사 전무님의 통 큰 선물에서 비롯되었다. 보통은 책을 쓰거나 번역한 사람에게 10권을 증정하는데 여기에 0이 하나 더 들어가버린 것이다. 100권이나 주셨으니 책을 드리고 싶은 분들에게 모두 나눠드릴 수 있었다. 아는 요리 연구가, 업계 지인, 친한 동료 교수, 나아가 중국에 있는 친구들에게까지 아낌없이 책을 나누었다. 그런데 출판기념회도 없이 소박하게 내놓았던 이 작은 책에서 생각지도 못한 반향이 돌아왔다.

중국 쪽에서는 자신들의 옛 식문화에 대한 다른 나라의 연구가 인상적이라는 반응이었고, 한국에서는 일종의 강독 모임을 열어서 서로서로 식견을 넓혀보자는 이야기가 들어왔다. 우리나라에서 중국의 청대 요리를 이렇게 연구하는 것이 색다른 일이었던 모양이다. 그리하여 나는 한국에서 음식 문화를 연구하는 10여 명의 연구자들과 조촐하게 공부 모임을 시작하게 되었다.

처음 『수원식단』 공부 모임의 목적은 청나라 문인 원매의 삶과 학문의 정수, 그리고 요리를 하는 사람이라면 응당 알아야 할 계명들을 함께 읽어보고 생각을 나누자는 것이었다. 그런데 이 조촐한 규모의 모임이 어째서인지 일이 커져버렸다. 사람들에게 밥을 해 먹이고 싶어 하는 내 성격 때문에 그만 식사 자리까지 이어지게 된 것이다.

나는 고조리서에 나오는 족발을 이렇게도 재현해보고 저렇게도 재현하면서 그걸 모임에 온 사람들과 나누기 시작했다. "밥때가 되었으니 식사는 하고 가셔유."라고 하면서 사람들을 붙잡았다. 다른 곳에서 듣기 어려운 음식 철학과 진귀한 청나라 음식, 무엇보다 재미있는 사람들이 가득하다는 소문이 퍼지면서 신청자가 하나둘씩 늘어나기 시작했다. 일이 커지려니 한량없이 불어나서 한 달에 한 번씩, 한 팀으로 운영하던 모임은 이제 세 팀으로 늘어나 대략 한 달에 세 번씩 모임이 이뤄지고 있다.

심각한 문제가 있다면 이분들이 한 번 들어오면 공부가 끝나도 졸업을 거부한다는 것이다. 팀이 늘어나면 늘어났지 줄어들지는 않는데, 책 한 권을 다 떼도 밥을 나눈 정 때문인지 계속해서 남고 싶어 하시는 분들이 속출했다. 그 덕분에 이 공부 모임에는 결원이 나올 줄을 모르고 대기자가 계속해서 늘어나고 있는 중이다.

다산 정약용 선생은 장남 정학연이 먹고살기 위하여 양계를 시작했다는 말을 듣고 아들에게 "배운 자의 양계는 달라야 한다."라고 하면서 연구를 거듭하여 『계경鷄經』을 써볼 것을 권했다 한다. 배운 자란 무릇 닭을 치는 일을 하면서도 식견을 높이고 그 기록을 세상에 남겨야 한다는 말씀인데, 그 일화가 생각날 때마다 나 역시 한편으로 배운 자의 요리란 무엇일까 깊이 고민해보게 된다.

사람들에게 요리와 인생에 대한 명문을 공유하고, 또 다른 배움을 전파하고, 자기 앞에 놓인 그릇 속 재료에 대한 역사를 배우며, 감사한 마음을 나누도록 이끄는 것, 그것이 바로 배운 자가 해나가야 할 요리가 아닐까 싶다. 닭 한 마리를 기르더라도 반드시 후대에 무엇인가를 남기도록 아들을 이끌었던 다산 선생의 마음을 생각하며.

그래서 족발은 내게 어떤 의미에서는 끊임없이 배운 자로서 연구할 수 있게 하는 신기한 요리다. 족발 편을 4등분한들 8등분한들 맛이 달라 봤자 뭐 그렇게 다르겠냐고? 글쎄유, 가로로 썰지 세로로 썰지부터 우리 어디 한번, 얘기해볼까유?

『수원식단』이 만들어준 기회

『수원식단』 공부 모임을 계획할 때 내게는 원칙이 하나 있었다. 공부는 20퍼센트만 하자. 나머지는 수다가 20퍼센트고 음식이 60퍼센트다! 공자님이 말씀하시길, "배우고 때로 익히면 기쁘지 아니한가!"라고 했지만, 나는 "먹고 떠들고 배우면 어찌 기쁘지 아니한가!"라고 생각한다.

공부가 끝난 후 식사는 주로 청나라 요리를 재현한 음식을 메뉴로 하기 때문에 적당히 팬에 지지고 볶는 식으로는 제대로 준비할 수 없다. 일주일 전부터 경동시장, 노량진 수산시장, 인왕시장, 가까운 마트까지 나가 제일 물 좋은 식재료로 장을 보고 손님맞이 준비를 마친다. 어떨 땐 일주일 내내 장만 보다 끝나는 게 아닐까 싶을 정도로 골고루 준비하고 있다.

말로는 쉽지만 이 준비를 한 달에 세 팀을 상대로 하자면 30~40인분 풀코스 밥상을 매달 차리는 일이다. 어떤 재료는 3일 전부터 계속 끓여야 하고, 어떤 재료는 찌기 전에 재워두어야 하고, 생선 같은 재료는 새벽에 시장에 가서 살아 있는 것을 구입해서 사용해야 한다. 또 재료를 구할 수 없으면 장보기를 위해 구비해둔 베스파를 타고 아는 사장님네 가게로 달려야 한다. 음식을 만들어내는 것은 잠깐 동안의 일이지만, 메뉴를 선정하고 재료를 구입하고 전처리를 하는 과정은 며칠 동안 몸과 마음을 동시에 움직여야 하므로 에너지가 두 배로 든다.

『수원식단』 공부 모임은 단지 공부만 하지 않는다. 매 시간이 다채롭게 이루어지고 있다. 그것은 아마도 『수원식단』이라는 고전이 가진 힘일 것이다. 그 안에는 요리 및 식재료뿐 아니라 역사와 미학과 음식 철학 사상도 담겨 있다. 그러다 보니 영역을 넓혀 중국인 특강 강사를 초빙해서 청나라 건륭제가 그렇게 좋아했다는 음식이 뭐였을지 함께 연구하기도 하고, 딤섬이란 대체 무엇인지 집중적으로 공략해보기도 한다.

모임은 하나의 과제를 놓고 정기적으로 함께하다 보니 팀 구성원

끼리 친해질 수밖에 없는 구조다. 매번 연구실에서 책만 들여다보는 것도 아니다. 가끔은 공격적으로(!) 다른 식당에 미식 체험을 가기도 한다. 대림동 양꼬치집에서 양고기를 굽고, 노량진 수산시장에서 싱싱한 활어회를 앞에 놓고 찬술 한잔을 곁들이면 저마다 인생사 한 소절이 절로 나오는 것이다. 야외 수업을 한 적도 있는데, 당시만 해도 지금처럼 흔하지 않았던 양갈비를 숯불에 직접 구워 먹으며 좋은 날 경치를 함께하곤 했다.

모임의 주제와 장소를 한정하지 않는다는 것을 처음부터 정해두었기 때문에 그 팀의 분위기에 따라 그때그때 수업의 장은 바뀌었다. 제철에 바로 거둔 전복과 문어를 먹으러 완도에 내려가기도 하고, 중국 친구 우샤오창에게 부탁해서 쓰촨성과 후난성의 중국 미식 여행을 기획하기도 했다.

결과는 역시 대성공이었다. 여행은 이렇게 '테마'가 있어야 하는 법. 『수원식단』 공부 모임을 꾸리면서(정확히는 원래 생각한 규모보다 좀 크게 운영하면서) 내 안에 그렇게 많은 아이디어가 있다는 것을 새삼 깨달았다.

예를 들어 상하이에서는 산초 가루를 뿌려 구운 오리 혀가 우리식으로 말하자면 길거리 '김떡순'처럼 익숙한 간식이다. 지하철역 앞에서 주전부리를 사듯 오리 혀 한 컵에 맥주 한 캔을 사서 밤늦게

호텔방으로 돌아와 한잔하면 그 맛이 아주 각별하다. 예전이라면 그냥 지나쳤을 중국의 친숙한 간식들도 이제는 어떻게 우리나라에 소개해볼 수 있을까에 대해 고민하게 되었다. "이거 편의점에서 팔면 대박 날 텐데, 다들 오리 혀 맛이 어떤지 궁금하지 않으셔유?"라며 모임 회원들에게 두런두런 의견을 물어보기도 한다.

사람들은 모두 저마다의 인생에서 어떤 기회를 만나지만, 준비가 되어 있는 사람만이 그 기회를 잡는다고 한다. 『수원식단』은 내가 잡은 작은 기회였을지도 모르겠다. 솔직히 처음에는 그 책의 출판을 제의해준 출판사의 전무님에게 "정말 가치 있는 책이지만 잘 팔릴 것 같지 않아서 출판해달라는 소리가 안 나오네유."라고 할 수밖에 없었다. 하지만 그분은 나에게 "대학 교재 만드는 회사에서 어디 그렇게 잘 팔리는 책만 내겠습니까. 그렇게 가치 있는 책이라면 저희가 내드려야지요."라며 책을 내주겠다고 했고, 그 결과 책이 세상에 나와 지금 여기까지 오게 되었다.

생각해보면 방송 역시 내게는 예기치 못한 기회였던 것 같다. 족발로 만든 얼얼하고 매콤한 냉채 요리처럼 그 짜릿한 맛을 삶의 어느 지점에서 만나게 될지 미리 알 수는 없다. 〈세계테마기행〉으로 약간 이름이 알려진 후 내가 운영하고 있는 유튜브 채널인 '계숙식당'에서 조촐한 이벤트를 준비해보았다. 댓글을 단 분들 중에서 한 분을 계향각으로 모셔서 함께 요리하는 것을 영상으로 찍어 유튜브에 올리려는 계획이었다. 그런데 이 이벤트에 50여 분이 몰리는 바람에 원래 한 분을 초대하기로 했던 것을 열 분으로 늘리고, 유튜브 방송 대신 풀코스 정찬을 대접하기로 했다. 사랑이란 받으면 반드시 어느 정도 돌려줘야 한다는 생각에서였다. 그런데 막상 그분들을 만나 보니 그 사랑이라는 것이 또 내 삶에 다채를 더해주었다.

정선에서 생전 처음 혼자 서울에 오는 여행을 감행하셨다던 분도, 방송을 보면서 언젠가 꼭 저 사람이랑 차 한잔을 해야겠다고 결심했다던 분도, 통영에서 먼 거리를 올라와주신 합자장 명인도, 중식당을 하다가 다시 일식당을 열어 이것저것 고민하시던 분도, 그날 내가 준비한 열네 가지의 코스 요리를 함께 먹으며 내가 준비한 것보다 훨씬 더 많은 재미있는 인생 이야기를 들려주었다.

서로서로 이야기를 나눌 때 인연은 더욱 깊어진다. 요리를 하는 사람이자 강단에 서는 사람으로서 요리를 통해 사람들의 인생 이야기를 나눌 수 있는 이 멋진 기회에 깊이 감사한다. 내가 처음 만난 『수원식단』은 친구의 손에서 건네받은 낡은 책이었지만, 알고 보니 마르지 않는 기회의 샘이었다. 그걸 멋지게 살려낸 건 역시 내 인생이 괜찮았음을 증명한다고 믿는다.

7장

빛을 내기 위해 기다리는 나날

보물을 품은
오리찜

증압蒸鴨(팔보 오리찜)

오리의 목 부분에 칼을 넣어 어깨뼈와 다리뼈를 끊고 몸통뼈를 들어낸 다음 간을 하여 하루 동안 재운다. 불린 찹쌀, 연근, 표고, 오리고기, 죽순 등 갖은 식재료를 자르고 데쳐서 오리 배에 가득 채운다. 속을 채운 오리의 몸통을 실로 꿰매고 몸통 가운데를 묶어 호리병 모양으로 만든다. 그런 다음 기름에 튀겨 색을 입힌 뒤, 물이 펄펄 끓는 찜통 안에서 두 시간 이상 쪄야 완성되는 요리.

적시적소에 쓰인다는 것

요리사마다 자기만의 주특기라고 할 만한 요리가 있다. 내 경우에는 청나라 황제가 연회를 베풀 때 내놓았다는 108가지 요리 만한전석滿漢全席 안에 들어 있는 '증압蒸鴨'이다. 후대에 와서 이 요리는 '팔보 오리찜'이라고도 불린다. 많이 해본 끝에 증압 하나는 또 자신 있다고 말할 수 있을 정도가 됐다.

나에게는 이것도 동파육처럼 수없이 만들어본 까닭에 눈 감고 해낼 수 있는 요리 중 하나다. 처음부터 제대로 하지 않으면 좀처럼 완성하기 어려운데, 일단 오리의 몸을 그릇으로 쓴다는 점이 중요하다. 뼈와 살이 골고루 붙어 있는 오리를 그릇으로 쓰자면 발골과 정형 같은 기술은 물론 해부학적인 이해도 필요하다.

오리의 목 부분에 칼을 넣어 어깨뼈와 다리뼈를 끊고 몸통뼈를 들어낸 다음 간을 하여 하루 동안 재운다. 불린 찹쌀, 연근, 표고, 오리고기, 죽순 등 갖은 식재료를 자르고 데쳐서 오리의 배를 채운다. 속을 채운 오리의 몸통을 실로 꿰매고 몸통 가운데를 묶어 호리병 모양으로 만든다. 그런 다음 기름에 튀겨 색을 입힌 뒤 물이 펄펄 끓는 찜통 안에 넣고 두 시간 이상 제대로 쪄내야 한다. 발골할 때마다 느끼지만 뼈는 또 왜 그렇게 굵고 단단한지, 오리의 3분의 1이 뼈다. 뼈 사이 관절을 찾아 관절을 싸고 있는 근육을 잘라내는 일은 숙련이 필요하다.

그러니까 팔보 오리찜이라는 이 요리는, 알아야 만들 수 있고 아는 만큼 맛있어지는 요리의 전형과도 같다. 이렇게 할 수 있게 되기까지 정말로 많은 오리와 대화를 한 기분이다. 그 오리들이 나에게 재료로 쓰였다는 것에 새삼 고마움을 느낀다.

앞서 말한 중국인 친구 자오동메이와 중국 신장성, 간쑤성, 칭하이성 등을 돌아다니며 일종의 미식 기행을 한 적이 있었다. 내가 일하는 대학의 교환 교수로 온 자오동메이는 2년 정도 한국에서 함께 붙어 다니다시피 하며 친하게 지냈다. 그는 한국 사람이 중국요리를 깊이 연구한다는 것이 반가웠다고 한다. 그래서 내가 중국에 갈 때

蒸鴨
수원식단
증압

마다 뭔가 하나라도 더 음식을 먹이고 이해시키려고 노력했다.

중국요리에 관해서라면 지혜에서도 상식에서도 많은 도움을 받았다. 그 친구와 함께 미식 기행을 다니는 동안 특히 『수원식단』 원전에 충실한 요리를 경험할 수 있는 기회를 얻었는데, 청대 요리에 들어가는 양념이란 술, 소금, 간장, 기름 정도이므로 과장된 조미를 하지 않아야 한다는 것을 그때 또 한 번 깨달았다. 담백한 맛을 좋아하는 내 입맛에도 잘 맞는 요리 방식이 아닐 수 없었다.

오리 한 마리를 조리해도 정성 들여 발골하고 그 안에 보물 같은 재료를 듬뿍 넣고 한참을 쪄낸다. 요리사마다 선호하는 조리법이 다른 것은 당연한데 나는 뭉근하게 오랫동안 끓여서 진하면서도 담백한 맛을 내는 요리법을 선호한다.

'팔보八寶'란 한자 그대로 풀이하면 여덟 가지의 보물이라는 뜻이지만, 중국요리에서 '팔보'가 붙으면 진귀한 재료를 다양하게 사용한다는 의미다. 대표적으로 '팔보채', '팔보죽', '팔보탕' 같은 요리가 그러하다. 중국요리는 꼭 그 숫자에 맞게 재료를 채우지 않아도 길하고 좋은 숫자를 붙이는 법인데 '증압'에 새로 붙은 '팔보 오리찜'이라는 이름은 참 예쁘고 마침맞은 이름인 것 같다.

2002년 한중수교 20주년 기념으로 음식 전시회에 참여하게 되었을 때의 기억은 아직도 생생하다. 그때 '라퀴진'이라는 쿠킹 클래스에 강의를 하러 갔다가 김방울, 변유경 요리 연구가를 알게 되었는데, 그 인연으로 한중수교 기념행사에 한국음식과 중국음식을 반반씩 전시해보자는 제안을 받았다. 음식 전시회는 처음이라 긴장도 됐지만 재미있을 것 같았다.

그때 떠오른 것은 『수원식단』. 나에게는 10여 년 전부터 연구해오던 일이었고, 고조리서에 실린 요리를 재현한다는 것은 그때 당시 그렇게 흔한 일이 아니라서 시선을 끌 것 같았다. 특히 한식도 아닌 옛 중식을 정성 들여 재현하는 시도가 많지 않았다.

전시를 찾은 중국 측 인사들은 신기하다는 반응을 보였다. 한국에서 자신들의 옛 요리를 이렇게 진지하게 연구하고 있다는 점이 그들의 마음을 산 듯했다. 서른여섯 가지나 되는 요리를 전시하면서 든 생각은 이걸 꼭 자료로 남겨야겠다는 것이었다.

지금이나 그때나 요리라는 것은 단 한 번으로 끝나는 예술이며 식고 상하면 버려지게 마련이다. 그래서 사진작가를 모셔서 전시회에 내놓은 요리를 사진으로 찍어 남겼다. 그리고 그 사진은 한국어판 『수원식단』 안에 고스란히 담겼다.

살면서 놀라울 정도로 적시적소에 무엇인가가 쓰인다는 느낌을 받을 때가 있다. 당시에는 나중에 꼭 써먹으려고 남겨둔 게 아니었는데 책을 내게 되면서 그때 그 요리 사진이 『수원식단』 제일 앞에 실리게 될 줄이야. 또 그렇게 만든 책이 공부 모임의 교재로 쓰이게 될 줄이야.

쓰인다는 것, 쓴다는 것을 생각하며 항상 준비해두고 있다. 사진을 찍어두고 나니 책에 실리게 될 때가 있고, 그 책이 단초가 되어 계향각이라는 공간에 음식과 사람이 끊이지 않게 되는 때도 찾아왔다. 요리 재료에 대해서도 항상 마음을 열고 있다. 살아오면서 만난 여러 인연에 대해서 마음을 열고 있는 것처럼 말이다. 재료든 인연이든 그들을 쓰고 또 그들에게 내가 쓰이면서 이야기들이 무궁무진해진다.

인간관계든 오리 요리든 비슷한 방식으로 해내면 되는 것 같다. 재료의 속성을 예리하게 관찰하고 정확하게 칼질을 한다. 그런 다음에는 좋은 것을 담고, 오랜 시간 잘 쪄내는 것이다.

당근한테도 엄마 아빠가 있겠쥬?

학생들과 요리 실습을 하는 시간이면 다른 건 몰라도 꼭 강조하는 것이 있다. 그것은 바로 재료에 대한 예의다. 요리사마다 중점을 두는 부분은 서로 다르겠지만 내 경우에는 '재료를 대하고 다루는 마음가짐'에 꽤 비중을 둔다. 그러다 보니 학생들이 식재료를 아무렇게나 다루거나 채소 꼭지를 큼직하게 썰어 버리는 것은 바로잡아 주려고 노력한다.

썰다 남은 당근을 쓰레기통에 툭 내버리거나 잘못 썬 오이를 슬쩍 버리는 행위는 지적 대상이다. 가끔 농담 삼아 이런 얘기도 하는 것이다. "이 당근도 밭에서 엄마 아빠랑 더 오랫동안 있고 싶었을 거여. 그런데 지금 재료가 되려고 생이별하고 여기까지 왔으니께 우리가 아껴 써줘야지."

그 외에는 학생들이 마음 놓고 요리하도록 배려한다. 불 조절에 서툴러서 까맣게 탄 팬을 보면서도 "아주 숯덩이를 만들었구먼."이라고 말하기보다 "조금밖에 안 탔네. 괜찮어."라고 말해주려고 노력한다. 솔직히 이제 막 조리과에 들어와서 칼을 잡아본 어린 학생들이 처음부터 뭔가를 능숙하게 해내도록 요구하는 것이야말로 재료에 대한 몰이해다. 학생들 또한 연하고 섬세한 재료라서 조심조심 정성껏 다루어야 제대로 빛어낼 수 있다. 이것도 내게는 재료에 대한 예의라고 할 수 있겠다.

처음 접하는 것은 당연히 낯설고 때로는 겁도 나는 법이다. 그리고 어린 학생들에게 주방이라는 공간은 확실히 위험한 요소들이 꽤 많다. 칼과 불과 눈앞에서 실시간으로 펼쳐지는 무수한 실패 가능성. 잠시라도 한눈을 팔면 손은 베이고 물은 끓어 넘치고 가스불은 활활 타오른다.

가뜩이나 조심스러운 판에 가르치는 사람이 "아주 숯덩이를 만들었구먼."이라는 소리를 뱉어버리면 학생은 벌써 요리라는 게 싫어지기 시작한다. 처음 접하는 것은 칭찬을 받아가며 익혀야 비로소 재미있어지고 더 열정을 쏟고 싶어 하지 않겠는가. 수업 시간에는 보통 칭찬에 칭찬을 거듭하려고 노력한다.

물론 나 역시 교단에서 처음부터 다정한 교수님은 아니었다. 짐작하다시피 성격 있는 사람인 것이다. 학생들에 대한 훈육 차원에서 지각생 단속도 무섭게 했다. 수업 시간을 넘기면 아예 밖으로 내보내고 문을 닫아버리기도 했다. 그런데 문득 좀 요상하게 돌아간다는 생각이 들었다. 그런다고 지각하는 친구가 개과천선해서 수업 전에 나타나 있지도 않거니와 "수업 들을 자세가 안 되어 있네. 넌 오늘 강의를 들을 자격이 없다." 하고 쫓아낸 학생이 그 시간 동안 뭔가를 더 배울 수 있다는 생각도 들지 않았다. 그렇게 조금씩 조금씩 나라는 재료 역시 무르고 익어서 22년간 뭔가를 가르쳐온 요즘은 학생들을 꽤 너그럽게 대하고 있다.

우리 모두에게는 처음이 있다. 다들 처음 접해본 무엇인가가 있었을 것이다. 제대로 알지 못하지만 해내도록 주문받은 것 말이다. 결재 서류를 잘못 써서 상사에서 혼나본 적도 있을 것이고, 자취를 시작해서 처음 제 손으로 김치볶음밥을 만들면서 간이 하나도 안 배어 있어 당황했을 수도 있을 것이다. 그렇지만 그 순간 누군가가 부드럽게 한마디를 건넨다면 처음 해보는 그 일이 그렇게까지 무섭거나 낯선 것이 아니라는 기분이 들게 된다.

향원의 주방에 들어갔을 때는 야단을 맞아가며 무뚝뚝한 주방장에게 요리를 배웠는데, 그래도 맛 평가는 항상 좋았던 까닭에 그 기분에 더 신이 나서 정성을 다해 탕수육을 튀겼던 기억이 난다. "이 집 탕수육은 참 바삭해." "여기 오면 삼선 누룽지탕은 꼭 먹어야지." 손님들의 한마디도 나에게 큰 힘이 되었다. 그렇게 너그럽게 헤아려주는 말이 오가는 순간 한 사람의 인생에서 가능성이 얼마나 넓어지는지를 생각해보곤 한다. 내가 아직 연하고 유약하던 시절에도 그랬다. 나라는 재료 역시 칭찬을 먹고 가능성을 넓히게 되었다. 내 요리를 먹고 즐거워하는 손님을 볼 때마다 조금씩 조금씩 옷깃에 빗물이 스미듯 이 일이 점점 더 좋아졌다. 매번 야단만 맞았다면 요리를 진작 때려치웠을 것이다.

그러다 보니 요새는 내가 너무 학생들을 오냐오냐하고 있는 건 아닌가 하는 생각마저 드는데, 이른 아침 강의에 나와서 꾸벅꾸벅 졸고 있는 학생들을 보면 어서 일어나라고 깨우는 대신 이런 말이 나온다. "그려, 자라. 자야 크지. 아직 자야 될 나이여. 너희가 내 당근인 것만 알아줘."

여자와 주방과 세월

화교가 아닌 데다 여자인 내가 중식당 주방에서 살아남았다. 이래 봬도 눈물 나는 길을 걸어온 셈이다. 돌려 말하지 않고 좀 직설적으로 표현하자면 여자라서 더 힘들었다. 단순히 체력이나 신체 조건에 대한 문제만은 아니었다. 명백히 중식당 주방은 남자들만의 공간이었다. 침입자를 반기는 사람은 없겠지. 텃세는 당연하고 초반에는 드러내놓고 무시했다.

이향방 선생님이 하신 말씀 그대로 그 무렵은 중식당 주방에 들어가 있는 여자를 한 명도 찾을 수 없던 시절이었다. 그렇게 시작된 신계숙의 가시밭길 주방 생존기(이미 여러 번 읊었으니 일절만 할게유).

내게는 앞서 말한 대로 일을 결정할 때 꼭 거치는 과정이 있는데 그것은 바로 백지에다 써 내려가며 내가 할 일, 하지 말아야 할 일을 정리해보는 것이다. 또 백지 이야기다. 나는 당시에 요리사 신계숙으로 주방에 들어가기 전 무엇을 고려해야 할지, 딱 세 가지의 문제를 놓고 고민해보았다.

첫째, 요리라는 것이 여자의 직업으로 괜찮은가?
둘째, 직장에서 하는 일이 내 개인에게도 도움이 되는가?
셋째, 이 일을 통해서 경제적 문제를 해결할 수 있을 것인가?

어쨌든 세 가지 질문에 대한 답은 모두 '그렇다'였다. 내가 향원에서 기술을 익히고 그 기술을 통해 바라보고자 했던 미래의 풍경은 바로 지속 가능한 혼자의 삶이었다. 열네 살에 이미 결혼을 하지 않기로 결심했던 나는 일단 혼자의 삶을 준비하기에 가장 합당한 직업을 택해야 했다. 하필이면 그게 일반 사무직이 아니라 거칠기 이를 데 없는 중식당 주방에서 벌어지는, 상상조차 해본 적이 없는 일이었지만 말이다.

흔히들 주방이라는 공간은 여성과 연결해서 생각을 한다. 밖에 나가 살면서 항상 그리운 엄마의 따뜻한 집밥 한 그릇이며, 영화 속에서 예쁜 여배우가 빳빳한 앞치마를 두르고서 만드는 아침 밥상. 요즘은 그래도 시대상이 많이 바뀐 것 같지만 주방 싱크대 앞에는 거의 언제나 엄마나 언니, 누나, 여동생이 서 있는 그림이 그려지기 일쑤였다. 하지만 여기서 잠깐, 그것도 어디까지 '가정 요리'라는 영역에 해당하는 이야기다.

스테이크에 거침없이 소금과 후추를 뿌린 뒤 굽기 정도를 확인하기 위해 맨손으로 눌러가며 설명하는 셰프, 요리 예능 프로그램에 출연해 정교하면서도 아기자기한 일본 요리를 몇 분 만에 만들어내는 셰프, 무거운 웍에 불쇼를 해가면서 순식간에 뚝딱 마법처럼 맛있는 깐풍기를 튀겨내는 셰프, 이들은 주로 남자 요리사들이다. 이들의 매력적인 이미지는 분명 사업적인 면과 연결되어 있다.

물론 같은 요리사로서 존경하는 분들이지만 여자 요리사 신계숙 입장에서는 씁쓸한 마음이 한편에 드는 것도 사실이다. 요리 업계에서 여성들은 일반적으로 사업을 확장해도 반찬이나 한과나 김치류 등 한식의 영역에서 주로 활동한다는 이미지를 벗어나기 힘들다. 즉 항상 주방에서 우리를 기다리며 감자조림과 김치찌개와 오이소박이를 내놓고 흐뭇하게 바라보는 엄마의 이미지를 떠올리게 하는, 과거의 시대 코드가 분명히 요리 업계에 남아 있는 것이다. 이들 또한 물론 같은 요리사로서 존경하는, 그야말로 명인들이시지만 이러한

업계의 전반적인 경향은 나 자신을 어떻게 자리매김해야 할지 스스로 고민하지 않을 수 없게 만들었다.

모두가 무거운 웍을 휘둘러야 하는 것도 아니고, 미디어의 주목을 받아야 하는 것도 아니며, 서로의 영역이라는 것이 존재한다면 이 또한 존중하는 것이 맞을 것이다. 그러나 그 안에서 '배운 자의 요리'를 생각해온 나는, 내가 있어야 할 위치를 '가르치는 요리사'로 확정했다. (배웠으면 가르쳐야쥬, 안 그류?)

세상에 존재하는 모든 멋진 요리만큼 요리사의 수도 많고 그들의 각오와 생각들도 다양할 것이다. 그 안에서 나는 내가 선생님들에게 배운 요리와 내가 학생들에게 가르쳐야 할 요리에 대해서 고민을 거듭했다. 잊혀버릴 수 있었을 옛날 요리책 한 권도 그렇게 내 손에서 배움과 가르침을 낳았다.

여성과 남성을 떠나, 어떠한 환경 안에서 자신을 끊임없이 차별화하려는 노력은 중요한 것 같다. 내게는 굉장히, 그러니까 굉장히 중요한 이야기였다. 그 당시 여자를 찾아볼 수 없었던 중식당 주방에서 노동 강도가 제일 강한 튀김 불판을 맡았던 신계숙도, 연구실에서 손님들과 함께 고조리서에 등장하는 청나라 음식에 대해 연구하는 신계숙도, 방송에 나와 오늘내일 없이 마냥 놀러 다니는 사람처럼 신나게 오토바이를 당기는 신계숙도, 모두 어떠한 환경 안에서 나 자신을 특별하게 만들기 위해 노력한 결과라고 본다.

내가 나를 특별하다고 인정할 수 있는 오늘 하루를 위해, 묵직한 스미스 타자기로 레시피를 정리하고, 정신이 혼미해지는 불판 앞에서 튀김을 건져내고, 논문을 쓰느라 밤을 새우고, 강단에서 학생들을 가르치고, 나아가 오토바이를 질렀다. 다시 한번 여성으로 중식당에서 살아남은 나날을 돌이켜본다. 행복할 만큼 특별했고 불행하기 직전까지 힘들기도 했다. 이 아슬아슬한 선이라는 게 참 삶의 묘미인 것 같다.

지갑에 담을 수 없는 내 재산

지금은 코로나19라는 전염병 때문에 하늘길이 막혀 해외를 나갈 수 없지만 몇 년 전만 해도 중국을 자주 드나들었다. 베이징, 상하이 같은 대도시는 물론이고 쓰촨성과 후난성, 간쑤성과 칭하이성 등 그 넓은 중국 땅을 두루두루 여행하며 중국 본토 음식을 하나라도 더 먹어보려고 애를 썼다. 친구들과 미식 기행을 가거나 학교에서 학생들을 인솔해서 연수를 가기도 하고, 더 먼 옛날 향원 시절에는 직접 재료를 사러 중국에 가는 일도 잦았다. 지금 돌이켜보면 2020년 1월 〈세계테마기행〉 촬영차 중국에 갔던 게 가장 마지막으로 중국 땅을 밟은 것이니, 코로나가 퍼지기 전에 더더욱 소중한 경험을 한 셈이다.

언젠가 중국 여행을 가던 길에 공항 면세점에서 지갑을 하나 샀다. 변변한 지갑이 없던 터라 면세점에서 하나 사야겠다고 생각하고 있다가 검색대를 통과하자마자 바로 앞에 보이는 상점으로 직행했다. 거기서 손에 딱 들어오는 자그마한 크기에 빨갛고 예쁘장한 지갑이 눈에 띄었다. 마음에 들어서 가격표도 제대로 보지 않고 이걸로 달라고 직원에게 말했다.

그런데 내가 곧바로 들어갔던 상점이 하필이면 '에르메스'였다. 알고 보니 명품 중에서도 비싸기로 유명한 곳이었고, 나는 거기서 묻고 따지지도 않고 지갑을 하나 골랐던 것이다. 지갑을 고를 때만 해도 나는 이 조그마한 물건이 그렇게 비싸리라고는 생각지도 못했다. 예상했던 가격을 훨씬 넘어선다는 사실은 카드를 긁은 후에야 비로소 알게 되었다. 모양 빠지게 다시 무를 수도 없고, 이왕 이렇게 질렀으니 이참에 명품을 하나 써보자며 그냥 마음을 달래고 말았다.

얼떨결에 사버렸던 그 명품은 애석하게도 나와 오래 함께하지 못했다. 200만 원 가까이 하는 지갑을 샀으니 평생 아껴 써야지 생각했던 것도 무색하게 얼마 후 서울역에서 지갑을 도둑맞았다. 등에 멘 가방이 열려 있었는데 복잡한 인파 속에서 누군가 지갑을 훔쳐간 것이다.

사실은 비싼 지갑을 사고 나서 잃어버릴 뻔했던 적이 두어 번 있었다. 한번은 학교 교수실에 도둑이 들어 카메라 등의 귀중품을 훔쳐 간 와중에 지갑은 가져가지 않았더랬다. 안도하는 마음이 드는 한편 참 요상하다 싶었다. 그러고 나서 얼마 후 집 앞에서 나도 모르게 흘린 지갑을 동네 이웃이 발견하고 가져다주었다. 애지중지하겠다는 내 생각과는 달리 지갑은 내 손을 떠날 몇 번의 위기를 겪었다.

결국 서울역에서 지갑을 소매치기당한 후에 든 생각은 아무리 명품이라 한들 내 손을 떠나면 소용이 없다는 것이었다. 그래서 갖고 다니다 잃어버릴 물건에 돈을 투자할 게 아니라, 내 몸 안에 항상 지닐 수 있는 것에 투자해야겠다는 생각이 들었다. 그리고 나처럼 물건을 잘 잃어버리는 사람은 비싼 걸 사봤자 소용이 없다. 그러니 차라리 무언가를 배우고 경험하는 데 돈을 써서 내 몸 안에 담는 게 훨씬 이득이라는 깨달음을 얻었다.

사람마다 돈을 어디에 쓰고 어디에 투자하는지는 저마다의 가치관과 연결되는 것 같다. 누군가는 집과 땅을 사 모으기 위해 애를 쓸 것이고, 누군가는 몸에 두르고 걸치는 데 돈을 아끼지 않을 것이다. 통장에 점점 늘어나는 숫자의 행렬을 보면서 내일을 꿈꾸는 사람도 있겠지만, 그건 모두 나와는 거리가 먼 이야기였다.

지갑을 잃어버린 경험으로 더 통렬하게 깨달은 사실인데, 나는 아무래도 돈과 물건보다는 경험이 중요했다. 지갑에 담을 수 없는, 지갑 밖의 재산에 더 큰 가치가 있다는 생각에서다. 가진 게 없었던 젊은 시절에는 박봉을 모아 요리를 배우러 중국과 타이완을 다녀왔다. 생활에 조금 안정을 찾은 후에도 내가 하고 있는 중국 요리를 더 깊이 알고자 틈만 나면 중국을 찾았다. 직접 보고 느끼고 몸으로 익혀 내 안에 담는 것, 그것이 곧 경험이자 나에게는 재산이었다.

20대에도 그랬지만 30대에도, 40대와 50대 역시 살아오면서 경험을 하는 데에는 아낌없이 투자했던 것 같다. 아마도 이런 삶은 60대가 되어도 70대가 되어도 계속될 것 같다. 최근에 나에게 붙은 '꽃중년'이라는 수식어는 아직도 쑥스럽기만 하다. 하지만 내가 쌓아온 경험이 붙여준 꾸밈말이기에 그 '꽃'이 붙은 이름을 감사히 받아들여본다.

한밤중에 할리데이비슨을 타고 한강 다리를 건너고, 알토 색소폰으로 꽤 그럴듯한 소리를 낸다는 것도, 어쩌면 내 경험으로 만들어낸 나만의 자산 가치가 아닐까. 꼭 멋있게 살아야 할 필요는 없지만 그렇다고 멋있게 살 일을 마다할 것도 아니다. 경험하는 오늘과 내일에 대한 꿈이 있는 삶. 그렇게 오늘과 내일에 대해 늘 생각하면 어떻게든 또 멋있게 살아지는 것 같다.

8장

달콤함이 영원할 수 있다면

빠스는 한없이 늘어나는 설탕 실이 생명이라

빠스拔丝

고구마를 적당한 크기로 썰어 넉넉한 기름에 노릇하게 튀긴다. 팬에 설탕을 넣고 중약불에서 설탕이 녹기를 기다렸다가 젓가락으로 저어가며 얼마나 녹았는지 확인한다. 설탕이 적절하게 녹아내린 그 순간, 바삭하게 익은 고구마를 윤기가 도는 설탕 시럽에 넣고 골고루 버무린다. 설탕 시럽에 버무린 고구마 조각을 떼어낼 때 투명한 실이 나오지 않으면 그것은 실패다. 서로가 서로를 연결하며 한없이 늘어나는 설탕 실이 이 요리에서 가장 중요한 부분.

태어나서 제일 잘한 일

이제 오토바이 이야기를 안 할 수가 없겠다. 사실은 처음부터 오토바이 이야기를 먼저 꺼내고 싶어서 입이 근질거릴 지경이었다. 요즘 나에게 가장 큰 즐거움을 주고 있는 것은 바로 '할리데이비슨 포티에잇(48)'이다.

오토바이 중에서도 할리데이비슨이라고 하면 가죽옷으로 중무장한 남자들이 온통 번쩍거리는 기계에 올라앉아 시끌벅적하게 엔진 소리를 내면서 길거리를 누비는 것으로 유명하다. 하필이면 그런 오토바이에 꽂힌 게 신기하지만, 돌아보니 이것만큼 나에게 잘 어울리는 오토바이도 없지 싶다.

한참 답답증에 걸린 적이 있었다. 그걸 다들 갱년기라고 할까? 버스를 타고 가다가 열이 올라서 도중에 내려야 한 적도 있었다. 차를 몰고 다닐 때는 히터를 켜면 덥고, 끄면 추워서 오토바이를 사야겠다고 마음을 먹었다. 한 선배에게 오토바이 얘기를 꺼냈더니 "야, 타던 것도 관둬야 할 나이 아니냐?"라고 하며 걱정을 했다. 아무튼 바람을 시원하게 쐬고 싶은 마음이 간절해 그길로 바로 스쿠터를 구입했다.

그때 마련한 게 클래식 스쿠터인 베스파다. 가볍고 부담이 없어서 서울 시내를 다닐 때 요리조리 잘 타고 다니는데, 호화롭게도 주로 장보기용으로 사용하고 있다. 공부 모임을 위해 장을 볼 때, 학교 출퇴근을 할 때 종종 내 발이 되어준다. 하지만 아무래도 스쿠터는 바퀴가 작아 웅덩이라도 만나면 빠져나오기 어려웠고, 바람이 좀 불면 심하게 흔들렸다. 조금 더 안전하게 타고 다닐 수 있는 친구를 찾아보기로 결심을 했다. 그리하여 내 나이 쉰일곱이 되던 해 제2종 소형 면허를 땄다.

시속 100킬로미터 이상 쭉쭉 나가줄 수 있는 묵직한 그 어떤 것이 필요했다. 이왕이면 멋도 좀 낼 수 있는 것으로. 그게 할리데이비슨이었다. 물론 처음부터 곧바로 그 미국색 짙은 거대한 오토바이를 몰아보고 싶다고 생각한 것은 아니었다. 참고로 몇 번이나 말하지만 나는 충청도 사람이다. 뭐든 내 안에서 충분히 이해가 되어야 밖으로 내색을 하는 성격이다. 그런데 참 우습게도 대리점에 찾아가서 이 오토바이에 직접 앉아보니 견물생심이라고, 운명처럼 느껴졌다. 이걸 타고야 말겠다, 이건 내가 타야만 한다는 생각이 머릿속에 가득했다. 마치 할리데이비슨이 나에게 달리고 싶다고 말을 거는 것만 같았다.

물론 한눈에 반했다고 해서 충동적으로 덜컥 사버린 건 아니었다. 반했어도 이모저모 따져볼 게 있었다. 지를 때는 훅 지르는 법이지만 이번만은 곧바로 뛰어들지 않았다. 꽤 여러 군데 매장을 돌면서 내 신장과 체중에 맞는 기종을 찾았는데 그게 바로 '할리데이비슨 포티에잇'이라는 모델이었다.

이제 이 녀석이 내 것이 되었으니 조금 불평을 해보자면, 무겁다. 무지하게 무겁다. 250킬로그램짜리다. 타는 자세 역시 다리를 앞으로 쭉 뻗도록 디자인된 물건이라 장거리 주행 후에는 허리가 뻐근하다. 클러치를 잡으려면 악력이 필요해서 평소에 손아귀 힘을 키우는 운동도 해야 한다. 비탈길은 또 어떻게 올라가나. 비탈길에서 커브를 돌 때는 일일이 경사각을 재야만 한다. 아니면? 쓰러지거든. 오토바이라는 게 이렇게나 다루기 까다로운 기계다.

사실은 오토바이를 사려고 적금을 붓고 있었다. 그 적금은 아마도

Harley-Davidson

2021년이 만기일 텐데, 나는 적금 만기가 되기도 전에 할리데이비슨을 사버렸다. 그리고 그 할리를 데리고 방송까지 찍게 되었다.

오토바이를 사야겠다고 마음먹고 결행하려던 때, 내 나이는 57세였다. 적금 만기가 되려면 59세가 된다. 57세 때 내 다리의 근육량과 59세 때 내 다리의 근육량은 완전히 다를 것이라는 생각이 들었다.

수줍게 고백하는 내 로망이지만 나는 벚꽃이 날리는 섬진강변을 오토바이로 부아아앙 달려보고 싶었고, 그러려면 하루라도 더 빨리 사야 했다. 적금은 때가 되면 나오겠지. 그걸로 갚으면 되니께. 나는 대출을 당겼다. 그리고 꿈과 같은 풍경을 보았다. 로망을 현실로 만들었다.

여전히 내 팔에 무겁고 내 발에 간당간당 닿아 자유자재로 다루기는 어렵지만, 할리데이비슨과 함께 달린 길은 그 무엇과도 바꿀 수 없는 소중한 경험이었다. 할리를 타고 속초로 왕복 일곱 시간 라이딩을 다녀오면서 오토바이 안 배웠으면 어쩔 뻔했나 하는 생각이 절로 들었다. 도로에서 달릴 때 헬멧 속으로 아카시아 향기가 훅 들어오는데, 이래서 오토바이를 타는구나 싶었다. 하늘에서 낙하산을 타고 내려오는 것만 같은 활강의 기분, 가죽재킷을 뚫고 온 바람이 주는 쾌감, 계절 따라 다른 꽃들의 향기을 담고 얼굴에 쏟아지는 시원한 바람은 그저 경이롭기만 한 신세계였다.

오감으로 느껴지는 행복이었다. 하루라도 타지 않으면 발에 가시가 돋칠 것만 같았다. 이걸 반한 것이라고 하지 않으면 어떻게 말할까. 그것은 아마도 그때의 나였기 때문에, 무엇인가에 반한 나였기 때문에 더욱더 소중한 경험이었으리라. 태어나서 제일 잘한 일이 오토바이를 배운 것이라고 나는 감히 말하고 다닌다.

마음 가는 곳에 돈도 간다고 하지 않던가. 매월 대출금을 갚느라 55만 원이 들고, 휘발유도 엄청 고급스러운 것만 먹는 놈이지만 나에게 할리데이비슨은 진통제다. 살다 보면 염증이 돋기도 하지. 그러나 저 멋진 기계에 올라타 부릉거리며 시동을 거는 순간 염증은 싹 사라진다. 그만큼 나는 특별한 순간을 이 오토바이와 함께하고 있는 것이다.

설탕 실처럼 달콤한 즐거움

혼자서 필운동 학교와 후암동 연구실을 오가면서 시장을 보고 학생들을 가르치고 손님들과 옛날 요리책을 공부하던 내게 어느 날 들어온 방송 제의는 꽤 이색적이었다. 방송이라……. 처음 〈세계테마기행〉 출연 제의가 들어왔을 때만 해도 일이 이렇게 점점 커질 줄은 몰랐다. 〈세계테마기행〉이라는 방송은, 이를 테면 〈한국인의 밥상〉이나 〈전원일기〉처럼 많은 사람들이 알고는 있지만 폭발적인 반향을 기대하기는 어려운 방송이라고 생각했다. 방학 때마다 늘 중국 여행을 다녀오곤 했으니 방송으로 다뤄도 재미있겠다 싶어 출연하기로 했지만, 그렇다면 과연 내가 얼마나 재밌게 만들어낼 수 있을지 의구심이 들기도 했다.

담당 PD와 첫 대면을 한 날, PD의 첫인상은 무와 배추가 없어도 김치를 만들어낼 수 있는 사람으로 보였다. 그만큼 프로그램에 대한 애정과 노련함이 느껴졌고, 함께하면 뭔가 나오겠다는 믿음이 생겼다. 대화를 얼마 나누지도 않았지만 나는 확신에 찬 대답을 건넸다. "중국에 같이 갑시다!"라고.

그렇게 출발한 〈세계테마기행〉 '꽃중년' 편은 중국 윈난성과 구이저우성, 타이완에서 한 달 여 동안의 촬영을 마치고 돌아와 2020년 4월에 방영되었다. 폭발적인 반향을 기대하기보다 그저 재미있게 놀다 온 모습을 시청자들도 재미있게 봐주면 좋겠다고 생각했는데, 의외로 반응이 꽤 컸나 보다. 시청률도 제법 높았다고 하고, 길을 가다가도 '꽃중년' 그분 아니냐며 아는 척을 하는 사람들을 종종 만난다. 방송을 보고 "많이 웃었다", "행복했다"고 감상을 전해준 분들이 많았는데, 그럴 때마다 나는 재미있게 놀고 온 건 난데 왜 보시는 분들이 행복하다고 하실까 궁금하면서도 한편으로는 마음 가득 뿌듯함이 차올랐다.

여기서 갑자기 요리 이야기. 빠스拔丝라는 요리를 들어보셨는지. 우리나라에서 '맛탕'이라고도 불리는 빠스는 이색적이고 재미있는 중식 디저트다. 단맛이 나는 고구마에 설탕으로 단맛을 더하니 달콤하기로는 이 빠스를 이길 요리가 없을 것이다. 고구마, 설탕, 식용유, 단 세 가지 재료만 있으면 만들 수 있으므로 간단하다고 생각할 수 있지만, 정작 만들 때는 온 정신을 집중하고 정성을 들여야 한다. 즉 쉽게 만들 수 없다는 말이다.

먼저 고구마를 적당한 크기로 썰어 넉넉한 기름에 노릇하게 튀긴다. 그다음 단계는 이 요리의 성패를 좌우한다. 팬에 설탕을 넣고 중약불 위에 올린 후 설탕이 녹기를 기다렸다가 젓가락으로 저어가며 얼마나 녹았는지 확인한다. 설탕이 적절하게 녹아내린 그 순간, 바삭하게 익은 고구마를 윤기가 도는 설탕 시럽에 넣고 골고루 버무린다. 설탕 시럽에 버무린 고구마 조각을 떼어낼 때 투명한 실이 나오지 않으면 그것은 실패다. 서로가 서로를 연결하며 한없이 늘어나는 설탕 실이 이 요리에서 가장 중요한 부분이다.

불과 설탕은 참 다루기 어렵다. 조금만 한눈을 팔아도 금세 타버려서 쓴맛이 돈다. 설탕이 그 단맛을 잃으면 무슨 쓸모가 있겠는가. 설탕이 들어가는 요리를 할 때는 매번 요리사가 불 앞에서 단단히 지키고 서 있어야 한다.

50대 후반에 방송 기회를 얻은 내가 출연자가 되어 카메라 앞에 서보니, 방송을 만드는 과정에서 빠스라는 요리가 연상됐다. 반짝

반짝 윤기 돌게 완성한 빠스 한 접시는 마냥 달콤하고 보기에도 좋지만, 그것을 만들 때에는 요리사의 노련한 감각과 오랜 연습이 필요하다. 방송도 마찬가지인 것 같다. 신계숙이라는 출연자를 방송에서 돋보이게 하기 위해, 마냥 즐겁고 신명나게 장면을 꾸미기 위해, PD와 촬영감독을 비롯한 스태프들의 노련한 감각이 얼마나 필요한 일인지 곁에서 지켜보는 내내 실감할 수밖에 없었다.

또한 빠스는 그 이름이 '실을 뽑다'라는 뜻으로, 설탕 시럽이 실처럼 쭉쭉 늘어나야만 제대로 된 빠스라고 할 수 있다. 시럽에 잘 버무린 고구마를 집어 들었을 때 설탕 실이 한없이 뽑혀 나와 서로 엉켜들 때 먹는 재미도 늘어난다. 방송을 해보면서 내 안의 무엇인가가 달콤한 설탕 실처럼 뽑혀 나와 보는 사람들에게 재미를 준다면 더 바랄 것도 없다는 생각이 들었다.

가끔은 촬영하느라 애쓰는 스태프들에게 송구한 기분이 들 때도 있다. "아이구야" 하는 소리가 절로 나오는 순간들이 있는 것이다. 날씨만 좀 흐려도 이게 다 나 때문에 여러 사람 고생시키는 건 아닌지 걱정스럽다. 제대로 된 빠스가 나오기 위해서는 고구마도 노릇노릇 튀겨져야 하고 설탕 시럽도 끈기가 나와야만 하는데, 내가 그런 모양새로 잘 버무려지고 있는지 매번 생각하게 된다. 그렇게 촬영한 〈세계테마기행〉도, 〈신계숙의 맛터사이클 다이어리〉도 모두 설탕 실로 연결되어 사람들에게 단맛의 즐거움을 넉넉히 줄 수 있으면 좋겠다.

〈맛터사이클 다이어리〉를 촬영할 때는 내가 좋아하는 할리데이비슨을 타고 전국을 누리는 경험을 했다. 담당 PD를 잘 만나 "선생님 하고 싶은 대로 하세요." "그냥 재미있게 놀면 됩니다."처럼 부담 없는 말로 용기를 불어넣어주니 이제는 카메라 앞에서 무슨 일이든 할 수 있을 것 같다.

"그냥 마음껏 노시면 알아서 할게요."

"그류. 한번 놀아볼게유."

단맛에 또 단맛을 입혔으니 그 맛이 오죽 달까. 나는 할리데이비슨 안장 위에 앉아 조심스럽게 거리를 유지한다. 나와 함께하는 사람들과 함께 즐길 수 있는 그 거리까지 이 달콤한 설탕 실이 쭉쭉 이어지도록.

바쁘니까 오늘은 너

진통제라는 별명을 붙인 할리데이비슨만 이야기하면 내 베스파가 조금 서운해할지도 모르겠다. 사실 일상에서 더 자주 타는 게 베스파다. 할리데이비슨의 별명이 진통제라면 베스파의 별명은 영양제다. 나는 내 오토바이 둘을 각각 앞 글자 빼고 '통제', '양제'라고 부른다. 잘 모르는 사람이 들었다가는 무슨 중국의 황제 이름을 말하는 줄 안다.

내 작명 센스에서 드러나다시피 나는 뭘 샀으면 꼭 용도를 부여하는 성격이다. 사실상 서울시 안에서는 오토바이로 시속 100킬로미터 이상을 밟기 어려운데 그러다 보니 요 베스파는 장 보러 갈 때 동행하는 친구다. 영양제 챙겨 먹듯 의지하게 되고, 나에게 영양을 주는 역할을 맡고 있다. 앞에도, 뒤에도 짐을 실을 수 있어서 장을 보는 데 전혀 불편함이 없다.

바퀴 네 개 달린 소형차를 몰면서도 에피소드가 많았는데 갑자기 바퀴가 네 개 더 늘어났다. 진통제와 영양제에다 자동차까지, 그야말로 맙소사다. 내가 관리할 바퀴 수가 너무나 많다.

그러고 보면 항상 어딘가로 나를 달리게 해주는 탈것에 관심이 많았던 것 같다. 아마도 살아오면서 내 마음속 어딘가에 있는 불안함 때문이었음을 인정해야겠다. 그리고 그 불안함은 바로 홀로서기를 해야 한다는 마음에서 비롯된 것인 듯하다. 혼자 선다면 혼자 달려야 하고 꼭 혼자 달려야 한다면, 그렇다면 좀 더 빨리 달릴 수 있는 것을 만나고 싶었다.

'홀로서기'야말로 말만 들으면 참 멋있는데 멋있기 위해서는 여러 가지로 뒤에서 안 보이는 노력이 필요하다. 오토바이를 탈 때도 그렇다. 그 무게를 지탱해야 하기 때문에 매일 근력 운동을 해야 한다. 만에 하나 넘어질 경우 부상을 최소화하기 위해, 또 바람을 견뎌내기 위해 풀페이스 헬멧을 써야 하고 가죽재킷을 입어야 하며, 발목을 보호할 수 있는 부츠를 신어야 하므로, 그것만 해도 무게가 꽤 나간다.

아무리 안정적인 환경 안에 놓여 있어도 결국 불안이란 엄습해오기 마련이고, 그게 혼자 서기로 마음먹은 중장년 여성이라면 더더군다나 자주 찾아오기 마련이다. 사람이 혼자 살아가기 위해 가장 중요한 것은 건강일까 돈일까 친구일까 여러 가지로 궁리하며 살아온 셈이다. 백지 앞에서 비율을 조정해가면서, 아닌 건 줄을 좍좍 그어가면서.

결과만 얘기하자면 그런 궁리를 했기 때문에 강의든 공부 모임이든 방송이든 뭔가를 아직까지 해나갈 수 있었던 것 같다. 살면서 계속 궁리를 해야 하고 뭐가 옳은지는 어렴풋하게라도 답이 나오고서야 알게 되는 것 같다.

그렇다, 궁리한다는 것. 한 달에 세 팀의 공부 모임을 꾸리면서 공자 왈 맹자 왈 하며 청대 요리를 재현해 대접하기도 하면서, 나는 한편으로 어딘가를 오갈 때 스스로 바퀴 여덟 개 안에서 길을 고민하고 운영해갔다. 진통제 할리가 달릴 수 없는 길은 영양제 베스파로 속히 다녀오고, 가끔씩 가슴이 답답할 때는 영양제 대신 진통제와 함께 북악 스카이웨이를 한밤중에 달려본다. 뭐, 차도 있으니까 짐이 정 많을 때는 그걸로 움직이면 문제없다. 삶의 균형에 대해서 매일같이 궁리하고 고민한 후 앞으로 나아가야 하는 것이다.

살면서 인생의 반려자에 대해 고민해본 적이 없지는 않았다. 아무래도 계속해서 궁리에 궁리를 거듭하는 체질이기 때문이다. 거경궁리居敬窮理. 하루를 살아가면서 그날그날의 마음을 다지고 잡념을 버리기 위해 많은 생각을 덜어내곤 한다. 그러다 보니 나 역시 한때 결혼에 대해, 삶의 동반자에 대해 생각해보지 않은 것은 아니었다.

하지만 나는 타인으로 인해 나의 행복에 손해를 입는 것이 싫었다. 일에 집중하고 있으면 삶에 만족감이 촉촉하게 찾아왔고 가끔 엄청나게 힘들 때면 주변의 인연들과 술 한잔을 기울이면 그만이었으니까.

우스개로 들리겠지만 내가 한때 만나던 상대와 헤어진 계기는 참 사소한 것들이었다. 자동차를 운전하다 4단 기어를 놓고 가야 할 상황에서 2단으로 놓고 힘들게 가면 판단력이 없는 사람 같아서 싫어졌다. 세상에 그럴 수도 있을까 싶지만 뭐 그전에 여러 가지가 쌓여 있었을 것이다. 술을 마시고 갑자기 감상적으로 변해서 내 앞에서 펑펑 우는 남자도 바로 아웃 대상이었다(암만 술이 세지를 못해도 그렇지 썸 탈 때는 조심해야쥬). 해장국이 당기는 아침에 돈까스를 먹겠다고 고집 부린 사람도 아웃이었다. 이게 바로 내가 말하는 행복에 손해를 입기 싫다는 지점이다. 그 상대 역시 나로 인해 사소한 손해를 겹치게 된다면 함께보다 혼자가 훨씬 홀가분하겠지.

나의 믿음직한 할리데이비슨과 헌신적인 베스파, 그리고 승용차까지, 언제든 내가 필요할 때면 싫은 내색 없이 어디든 내가 원하는 곳으로 원하는 방식으로 데려다줄 것이라는 믿음이 있다. 홀가분하게, 나와 함께, 어디까지나 갈 수 있는 데까지. 결국 나의 행복이란 그런 의미가 아닌가 싶다.

달려야 편하다

방송에서 오토바이로 달릴 때는 보기보다 그렇게 속도감 있게 질주하지는 못한다. 뭐든 화면 너머로는 더 빠르고 강해보이는 법. 평소 시속 140킬로미터까지 너끈한 나의 할리데이비슨은 촬영을 위해서 조신하게 40킬로미터 정도로 살살 달린다. 심지어 같은 길을 여러 번 왔다 갔다 하기도 한다. 천천히 달리면 좀 쉽지 않겠냐고? 아니유, 그게 훨씬 더 힘들어유.

오토바이라는 기계에는 명백하게 출력이 있다. 시속 80킬로미터로 달리게 만들어진 것을 가지고 120킬로미터로 달릴 수도 없거니와, 곧게 쭉 뻗은 고속도로를 시속 140킬로미터로 질주하도록 만들어진 엔진으로 시속 40킬로미터로 달리면 오토바이에게 왠지 미안

한 마음이 든다. 속도야 그렇다 치고 1200cc의 배기량을 가진 오토바이를 저속으로 모는 것은 고속으로 가는 것보다 열 배는 더 힘이 드는 것 같다. 왼손으로 클러치를, 오른손으로 브레이크를 잡아야 해서 손아귀 힘도 꽤 들어가는데, 막히는 도심에서 클러치와 브레이크를 번갈아 자주 잡다 보니 애당초 할리데이비슨은 시내에서 탈 것이 아니었다.

몸집도 커서 내가 할리를 몰고 유턴을 하려면 3차선 도로 정도는 되어야 가능했다. 출근할 때 타고 가보니 집과 직장 사이의 거리는 겨우 800미터라, 이건 뭐 시동을 걸자마자 학교에 도착하는 셈이다. 즉 출퇴근 용도로도 적합하지는 않았다. 할리데이비슨을 장만한 후 이런저런 이유로 탈 기회를 찾지 못한 까닭에, 이 오토바이는 주차장에 세워두는 장식품이 되어가고 있었다.

할리데이비슨은 미국 태생으로 끝없이 펼쳐진 평야의 고속도로나 해안도로를 따라 질주하도록 만들어진 오토바이다. 달리는 것이 본성인 오토바이를 더 이상 세워둘 수는 없었다. 그동안 나와 할리가 친해질 시간이 없었구나 하는 생각이 들었다. 오토바이에 휴대폰을 달아 내비게이션을 켜고 속초에 가기로 했다. 복잡한 도심을 뚫고 양평을 지나 내린천 옆으로 난 길은 할리와의 첫 데이트를 만끽하기에 최적의 장소였다.

속초를 찍고 다시 돌아오는 길에 가랑비가 내리기 시작했다. 비가 오면 오토바이는 속도를 50퍼센트 감속해야 한다. 그 고운 빗줄기 사이로 아카시아 향이 내게 머물렀다. 그렇게 속초 여행을 감행하고 나서야 비로소 나와 할리는 친해질 수 있었다.

얼마 전 할리데이비슨 직원이 내 오토바이를 타보더니 "길을 참 잘 들이셨어요. 잘 나가네요."라고 하며 엄지를 척 올려주었다. 사람에게도 출력과 최대 속도가 있겠지. 부쩍 그런 생각을 하게 된다. 이것도 오토바이가 준 교훈이라면 교훈일 것이다. 저마다의 사용처는 다르다. 장을 볼 때 사용하는 베스파처럼 속도 대신 편안함을 주는 친구가 있고, 빠른 속도와 성능으로 즐거움과 시원한 바람을 안겨주는 친구도 있다. 그렇게 모두가 자신에게 맞는 출력과 최대 속도를 찾을 수 있으면 좋겠다.

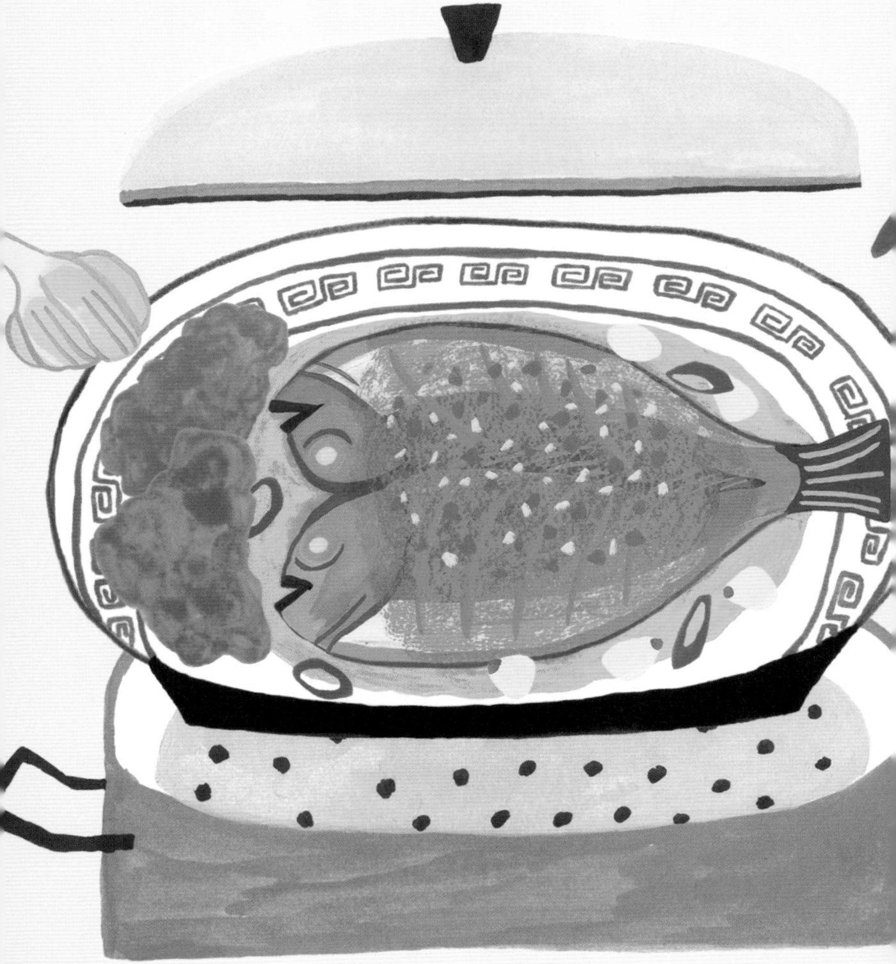

9장

진미도 즐겁지만 취미는 더 즐거워

고추 소스를 얹은 생선찜에 매콤함이 스며들듯

둬자오위터우剁椒鱼头(타초어두)

둬자오위터우는 생선 대가리에 다진 고추로 만든 소스를 얹어 찌는 요리로, 후난성을 대표하는 매운맛의 생선찜이다. 중국에서는 이름처럼 큼직한 생선 대가리를 주로 사용하지만, 생선 한 마리를 사용할 때는 반으로 갈라서 등이 보이게 접시에 놓고 고추 소스를 얹는다. 매콤한 고추의 맛이 생선에 고루 배는 것이 이 요리의 매력이다.

색소폰과 고추 소스

한때 기타를 배운 적이 있었다. 취미에 관한 한 마음이 당기면 곧바로 엉덩이부터 떼고 일어나 움직였던 나는 기타 생각이 떠오른 순간 얼른 학원부터 등록했다. 하지만 아뿔싸, 기타 코드라는 것은 너무나 변화무쌍했다. 나이 들어 배우는 악기는 무릇 즐겁게 할 수 있어야 하는 것 아니겠는가. 노력의 차이가 너무도 확연하게 드러나는 것이 기타였다.

언니와 이야기를 나누던 중 코드 잡기가 너무 힘들어서 기타를 관두고 싶다고 하니, "그래? 그럼 형부 색소폰 갖다 불어."라고 했다. 형부가 색소폰을 불겠다고 사다놓은 지 몇 달 됐는데 이제 안 분다며 가져가라는 것이다.

나는 덥썩 물었다. 만두를 지지는 데 보통 3분쯤 걸리는데, 그 시간에 색소폰을 불면 딱이겠다 싶어서 도전했다. 기름을 살짝 두른 팬에 만두를 올리고 노릇노릇해지기를 기다리는 동안 〈낭만에 대하여〉 한 소절을 멋들어지게 연주하는 걸 목표로 삼았다.

그러나 형부의 악기는 썩 좋은 제품이 아니라서 걸핏하면 삑 소리가 났다. 교회에서 색소폰 레슨을 해준다기에 등록해서 6개월을 배웠다. 레슨을 받으며 피눈물 나는 연습을 거듭한 끝에 겨우 몇몇 곡을 연주할 수 있게 되었다. 졸업 발표회 날, 합주 도중 삐이익 하고 새는 소리가 나는 바람에 등에 식은땀이 주르륵 흘렀다. 최대한 자연스럽게 내가 그 소리의 주인이 아닌 척을 했지만 공연을 보러 온 지인들이 "방금 그거 계숙 언니지?" "에이, 설마……"라고 수군거렸던 흑역사가 남아 있다.

연주가 끝나자 같이 불던 남성 두 분이 나를 노려보는 바람에 삑 소리의 주인공이 나라는 걸 결국 만천하에 알리고 말았다.

둬자오위터우剁椒鱼头라는 후난성의 유명한 생선 요리가 있다. 이 요리에서 가장 핵심은 생선을 덮은 고추 소스에 있다. 청양고추만큼 매운 후난성 고추를 듬뿍 다지고 마늘도 다지고 소금을 넣은 후 도수가 높은 고량주를 넣어 오래오래 재워두고 먹는 양념이다. 이 소스는 생선찜을 화려하게 만들어줄 뿐 아니라, 거의 만능이라 여러 요리에 두루두루 쓰이기도 한다. 그런데 왜 갑자기 생선 요리, 고추 소스 이야기냐고?

나에게 취미란 생선을 덮은 이 고추 소스와도 같다. 오래 숙성되어 칼칼하고 진한 맛이 담백한 생선살에 향긋하게 스며들듯, 오래 즐긴 취미는 나에게 깊이 스며들어 내 삶을 더욱 풍요롭게 해준다. 내가 색소폰을 배우지 않았더라면, 오토바이를 배우지 않았더라면 내 삶이 이렇게 즐거울 수 있었을까. 또 매콤하고 톡 쏘는 강렬한 맛이 스트레스 해소에 제격이듯, 취미를 즐기는 동안에는 스트레스가 저 멀리 달아나는 것만 같다.

취미 역시 인생에서 상당한 부분을 차지한다. 특히 혼자 서고자 노력하는 인간에게는. 그것은 무료함이라는 적과 싸울 수 있는 무기이자 정신 건강에 직결되는 보양이기도 하다. 적어도 나에게 취미란 매일을 더욱 생생하게 살아가도록 만들어주는 고마운 존재다.

혼자 놀기에 악기 연주만큼 적합한 것도 없다. 그런데 색소폰은, 음…… 불어본 사람이라면 알겠지만 양반 같이 그렇게 점잖은 악기는 아니다. 아파트 거실에서 신나게 연습할 만한 그런 것은 더더욱 아니다. 제대로 불지도 못하면서 소리를 내려고 애쓰던 무렵 민원이 들어올 정도였다. 이제 와 하는 말이지만 사직공원에서 연습 좀 하겠다고 힘차게 불어재끼다 "저기요, 여기서 이러시면 안 됩니다."라는 관리인 아저씨의 지적을 받고 머쓱했던 적도 있다. 예전에 호수공원이나 한강 다리 밑에 가면 꼭 색소폰 부는 중년 아저씨가 한 분씩 계셨는데, 나도 거기로 한번 가볼까 하는 생각도 해봤다.

그래도 그 악기는 폼이 났다. 그리고 나는 폼이 나면 꼭 직접 해보고 싶다. 우리나라 가요 명곡 가운데 노랫말에 색소폰이 자주 등장하는 건 다 이유가 있다. 음색으로나 모양새로나 낭만적인 악기의 대명사 아니겠는가. 최백호는 그 유명한 〈낭만에 대하여〉라는 노래에서 "짙은 색소폰 소릴 들어보렴"이라고, 그렇게 노래를 불렀다.

색소폰이 너무 매력적이어서 이걸 불어보려고 결심한 날부터 또 나의 궁리라는 것이 시작되었다. 색소폰은 굉장히 멋있는 악기지만 형부에게 물려받은 귀퉁이가 찌그러진 그 녀석으로는 좋은 소리가 날 리 없었다. 그날 그 치욕의 삑 소리는 악기 탓으로 넘겨버리자고 마음먹었다.

멋있으려고 너무 애쓸 필요는 없지만 멋있어 보일 수 있는 기회를 걷어찰 필요도 없지 않겠는가. 나는 이왕 남은 삶 동안 함께하기로 결심한 차에 색소폰계의 명품 셀마를 사기로 했다. 저축을 좀 못할지

언정 멋있는 걸 들여야 오래오래 함께하며 멋있어 보일 테니까 말이다. 그렇게 마음을 먹고 좋은 악기로 장만한 후 연습 삼매경에 빠져들었다. 그중에서도 가장 기본적인 알토 색소폰을 골랐는데 그걸 사고 뭘 했느냐면 앙상블서울아트에 가입했다. 아마추어 색소폰 연주단체 중 비교적 규모가 큰 곳이었다.

뭐든 멋있어 보이려면 그 분야에서 좋다고 소문난 것을 구입해야 실패할 확률이 줄어든다. 좋은 것을 구입했더니 소리가 절로 좋아진 것만 같았다. 조금 무리했지만 이 악기는 나에게 정말 행복한 기분을 안겨주었다.

앙상블 사람들과 연습하는 날이면 아침부터 기분이 좋다. 빽빽 소리만 겨우 내던 까다로운 악기와 얼추 친해진 다음, 그중에서도 특히 아름다운 것을 내 손에 넣어 길을 들이고서 함께 그 음악을 즐길 사람들을 찾았다. 금빛의 셀마 알토 색소폰을 내려다보며 숨을 들이마시면 벅찬 기분에 어떤 곡이라도 한 소절 기가 막히게 뽑을 수 있을 것만 같다. 연주 도중 조금 실수해도 뭐 어떤가. 이제는 요령도 익혔다. 이따금 내가 연주하기에 너무 난이도가 높은 부분에서는 슬쩍 숨을 넣지 않고 다른 연주자의 소리에 묻어간다(일종의 립싱크인 거쥬).

앙상블 연습을 위해 서초동에 갈 때면 할리데이비슨을 몰고 간다. 연습을 마치고 집으로 돌아올 때 색소폰을 어깨에 둘러메고 할리를 몰고서 반포대교를 건너면 내 앞으로 펼쳐지는 파노라마 풍경이 그렇게 멋있을 수 없다. 매번 혼자 보기 아까운 장관이라는 생각이 든다. 참, 어제 3년 숙성시킨 고추 소스를 꺼내 생선찜을 했는데 그 맛이 또 기가 막혀서 혼자 먹기 아까웠다. 내 취미는 3년 후 과연 어떤 맛을 낼까.

일과 취미의 경계선에 대해

그러고 보면 사람의 일이라는 게 경계를 짓기 어려울 때가 많다. 지금 내가 하는 일이 그냥 장보기일까, 강의 준비일까? 방송에는 안 나갈 것 같지만 스태프들 앞에서 불어재끼는 색소폰은 취미일까, 촬영일까? 아니면 그냥 즐거우라고 봉사하는 건가? 봉사치고는 쬐금 서툰 것만 같고…….

취미를 보면 그가 어떤 사람인지 알 수 있을까. 나는 그렇다고 본다. "당신이 무엇을 먹는지 말해달라. 그러면 당신이 누구인지 알려 주겠다."라고 한 브리야사바랭Brillat-Savarin의 저 유명한 말과도 일맥 상통할 것이다.

무엇을 먹는지가 그 사람을 말해주는 것처럼 그 사람의 취미도 분명히 그 사람을 말해주는 것 같다. 문학작품을 읽는 취미가 있다면 분명 주옥같은 문장들을 알고 있을 것이다. 그림을 그리는 취미가 있다면 일상 속에서 남들보다 더 다채로운 색깔을 볼 것이다. 요리를 한다면? 아마 남들보다 매일매일 더 맛있을 것이다.

젊은 시절에는 사진을 참 좋아했다. 향원의 한 달 치 월급을 털어 넣어 미놀타 카메라를 샀던 사연은 몇 번이고 자랑스레 이야기하고 싶을 정도로 내게 뿌듯한 소비의 추억이었다. 카메라로 뭔가를 남긴다는 것은 내가 앞으로 해나가려고 하는 일에 대한 비전도 상징했지만 한편으로는 그 순간의 아름다움을, 풍경을, 짠내 나는 한때라 할지라도 뷰파인더에 담아 보고 싶은 마음 그 자체였다. 제삼자의 시선으로 젊은 시절의 나를 돌이켜보면, 그때의 내가 나 자신에게 그만큼을 투자할 마음을 먹고 있었다는 게 참 신기하다. 그렇게 사진을 좋아하다 보니 여행지의 맛은 물론 내 요리를 어떤 식으로든 기록으로 남겼고, 그것들은 나중에 꽤 쓸 만한 자료로 남았다. 가르치는 도구로도 쏠쏠하게 써먹을 수 있었으니 말이다.

음악은 두말할 것 없는 내 '찐' 취미다. 소리 내기도 까다로운 알토 색소폰을 잡고 나서부터 사람들이 왜 그렇게들 악기를 하나씩 하고 있는지 실감했다. 가만 보니 이거야말로 혼자 놀기에 좋고, 또 함께

하면 기쁨이 두배로 늘어난다. 까다로운 악기를 다룰수록 그 소리가 더 아름답게 들리는 것 같기도 하다. 물론 알토 색소폰이 나에게 상당히 까다로운 악기라는 뜻이다.

오토바이로 말할 것 같으면 역시 살아가면서 경험한 것들 중 최고로 멋진 취미다. 처음에 구입한 스쿠터는 맛보기였고, 이제는 좀 터프한 오토바이를 만나 본격적으로 저 드넓은 도로를 달리고 싶은 욕구를 마음껏 충족시키고 있는 중이다. 그렇게 점점 더 취미의 지평이 넓어지고 있는 것 같다.

아버지가 쓰던 자전거에 기를 쓰고 올라가 몰래 타고 달려보려고 하던 때가 있었다. 익숙지 않은 데다 몸에 맞지 않으니 페달을 망가뜨리기 일쑤였는데, 그러면 그 막내딸을 차마 혼내지는 못하고 아버지는 말없이 읍내에 나가 페달을 수리해 오시곤 했다. 그 뒷모습은 아버지를 생각할 때마다 눈에 선하게 떠오르는 장면이다. 어쨌거나 그러고 나서도 나는 또 아버지의 자전거에 올랐다. 그렇게 달리고 싶었던 모양이다. 어릴 때부터 고집이 셌던 나는 혼자 어디든 가보고 싶어 했다. 어디든 언제든 달릴 수 있다는 가능성 때문에 탈것들이 좋아 보였던 것 같기도 하다.

일과 취미 사이의 경계선에 대해서 생각해보자면 딱 자르기 애매하다는 결론이 나온다. 그런데 요리가 취미냐고 묻는다면 그건 아니다. 그건 칼같이 잘라 일이다. 하지만 오토바이를 타는 나의 뒷모습이 방송에 실린다면 그것은 일일까 아닐까. 이건 칼같이 잘라 말할 수 있는 건 아닌 것 같다. 살다 보면 참 여러 가지 일들을 하게 되는데, 그게 매번 재미있지만도 않고 매번 나 혼자 하는 것만도 아닐 때가 있다. 이것도 오래 살면서 배우게 된 부분이다. 그러면서 내가 지키려고 노력하는 수칙이 또 생겼다. 내 개인적인 취미가 이따금 일이 될 수도 있겠다고 느낀 순간 만든 수칙이다.

하나, 즐겁게 하기.

둘, 같이하는 사람과도 즐겁게 하기.

오토바이를 타고 달리는 것도, 색소폰을 부는 것도, 누군가의 눈에는 마냥 취미로 보일 수 있겠다. 아니, 처음에는 분명 취미라는 가능성 영역 안에서 시작한 것이다.

그렇지만 그것이 일의 경계에 들어온 순간, 취미와는 다른 기분으로 최선을 다한다. 어디에든 쓸 만한 취미라면 또 고마운 노릇 아니겠는가.

방송에서 특히 멋있어 보이기 위해 색소폰에서 제일 짚기 어려운 버튼을 오른손 새끼손가락으로 힘껏 눌러 소리를 완성해본다. 아무튼 신계숙은 뭐 그런 사람이다.

놀다 보니 어느새

〈세계테마기행〉에 나가기로 화끈하게 결정을 해놓고는 사실 고민이 좀 있었다. 요리를 즐기고 연구하지만 음식점 간판을 걸어두고 있는 것도 아니고, 중국어를 하지만 그 부분이 나의 본업도 아니었다. 교수라고 하지만 남들이 흔히 생각하는 그런 교수의 이미지가 나에게서는 찾아보기 어려운 것도 사실이다. 취미인지 본업인지 헷갈리는 와중에 이걸 할지 말지도, 그렇지만 한다면 무엇을 내세워야 할지도 걱정이었다. 하지만 담당 PD의 말이 나의 복잡한 생각을 싹 정리해주었다.

"그냥 노세요, 선생님. 그게 제일 좋아요."

그러고 보면 논다는 말은 어른에게 약간 민망한 느낌을 준다. 어른이 되어 제대로 살아가려면 항상 열심히 일해야 하고 더군다나 의미 있는 일을 해야 한다고 다들 가르친다. 어려서는 공부 안 하고 논다고 하면 부모에게 혼쭐이 난다. 어른이 되어 일 안 하고 논다고 하면 사람들이 수군거리며 눈치를 준다. 그런데 나에게 그냥 재밌게 놀면 된다니, 정말 그래도 되는 겨?

그때 다시 아버지가 사다 주신 칠판이 머릿속에 떠올랐다. 아무거나 쓰고 놀라는 말씀에서 나의 인생에 좋은 경험들이 연결되었던 것처럼, 그저 즐겁게 재밌게 논다고 생각하고 무엇인가 하다 보면 또 좋은 경험을 만들 수 있지 않을까. 그렇게 생각하니 모든 걸 일하는 자세로 달려들어 생산적으로 거창한 결과를 만들어야만 할 필요는 없다는 뜻으로 이해되었다.

재미있게 놀다 보면 그게 뭔가로 이렇게 엮이기도 하는 모양이다. 욕지도라는 섬에서 〈맛터사이클 다이어리〉 촬영을 하던 당시에 중년의 밴드팀과 색소폰을 불 기회가 있었다. 나는 테너 색소폰을 연주하시는 밴드의 리더 분과 함께 무대에 올라 색소폰을 불었다. 하나뿐인 마이크는 테너 색소폰에 달려 있어서 내가 아무리 세게 불어도 내 소리는 멀리 나갈 수 없었다. 다음 날 슈퍼마켓에 갔는데 어떤 분이 "아, 어제 색소폰 부신 분 아니세요?"라고 묻더니 멋있었다며 엄지를 척 올렸다. 사실 그 색소폰 소리는 제가 분 게 아니라 옆에서 같이 불었던 분의 소리라고 대답하자 누가 불었어도 상관없다며 즐거웠다고 했다.

그렇게 나는 갑자기 '색소폰 부는 양반'이 되었다. 할리데이비슨을 타는 모습이 방송에 나온 뒤로는 '오도바이 타는 양반'이 되기도 했다. 지나가다 보면 알아봐주시는 분들 가운데 "다음에 같이 라이딩 갑시다!" 하고 청하는 분도 있을 정도다. 결국 그렇게 놀러 다니는 사람이 되었다.

취미는 즐거운 것, 일은 괴로운 것이라는 양분법은 어떤 의미에서 자신의 가능성을 좁히는 사고방식일 수 있다. 칠판을 앞에 두고 뭔가 쓰고 놀다가 중어중문학과에 들어가고, 재미있을 것 같아서 요리를 배우고자 주방에 들어갔다가 8년 동안 탕수육의 고기를 튀겨내고, 친구가 전해준 책을 번역하다가 지금처럼 공부 모임을 크게 벌이게 된 지난 세월들을 반추해본다. 놀기 위해 배운 악기, 달려볼까 하고 구입한 두바퀴 붕붕이들이 삶의 영역을 또 이렇게 넓혀주었다.

즐겁게 열심히 놀다 보면 어느새 주위에 박수치고 응원해주는 사람들이 슬금슬금 모여드는 것을 알 수 있다. 누군가 어떤 걸 재미있게 하고 있는 모습을 보면 저 사람은 대체 뭘 하기에 저렇게 즐거운지 사람들은 궁금해하기 마련이다. 그러면 어느새 사람들과의 인연도 생기게 된다.

결국 내가 재밌게 논다는 것은 곧 혼자 놀면서도 외롭지 않게 살아가는 방법인 듯하다. 그래서 나는 언제나 일을 하듯 취미 역시 소홀하지 않으려고 노력한다. 오토바이가 달릴 수 있는 길인지 알아보기 위해 일하듯이 사전 답사를 하고, 색소폰에서 내가 낼 수 없는 소리를 체크한 다음 그 부분을 열심히 연습한다. 그런 노력은 물론 내게 큰 즐거움을 주기 때문에 가능한 일이다.

지금은 오토바이에 흠뻑 빠져 있고, 멋있어 보이려고 지른 셀마 알토 색소폰이 나와 함께하지만, 어느 날 또 어떤 취미가 찾아와 내 인생의 영역을 넓혀줄지 항상 기대된다. 그렇게 만날 사람들과 새롭게 펼쳐질 이야기들도.

10장

나에게도 목표가 있다

따끈한 오골계탕 한 그릇을 앞에 두고

오골계탕烏骨鷄湯

돼지 위장의 지방을 떼어내고 밀가루로 깨끗이 씻은 후 그 속에 오골계 한 마리를 통째로 집어넣는다. 표고버섯, 구기자, 약간의 파와 생강을 넣고 돼지 위장을 바늘로 꿰맨다. 그런 다음 두꺼운 질그릇에 넣어 물을 더하고서 뚜껑을 덮은 다음 찜통에서 쪄낸다. 여섯 시간쯤 푸욱 찐 후 여기에 소금간만 살짝 해서 맛을 보면 이보다 더 깊은 맛은 없다.

여섯 시간의 사색

돼지 위장을 사다가 가위로 지방 덩어리를 도려낸다. 그런 다음 밀가루를 넣고 박박 문질러 깨끗하게 씻어내는데 이 과정은 재료의 비린 맛을 잡기 위한 것이다. 소홀히 하면 돼지 내장 냄새가 나므로 정성을 다해 손질한다. 그 위장 속에 오골계 한 마리를 통째로 집어넣는데, 어디 보자, 가을볕에 말린 표고버섯을 불려서 넣고 구기자, 약간의 파와 생강을 더하면 좋다. 그런 다음 돼지 위장 입구를 바늘로 잘 꿰맨다. 뚝배기 같은 두꺼운 질그릇에 담아 물을 넣고 뚜껑을 덮은 다음 찜솥에서 중탕으로 쪄낸다. 지금부터 여섯 시간쯤 푸욱 고아야 한다. 여기에 소금간만 살짝 해서 맛을 보면 이보다 더 깊은 맛은 없다.

5년쯤 제대로 묵은 김치를 먹어본 적이 있는지. 입에 넣자마자 코끝을 때리는 그 짜릿한 맛에 비견할 정도로 오골계탕 역시 정신이 번쩍 드는 맑은 맛이 난다. 사람의 혀 미뢰는 만 개라고 하던데 오골계탕 국물을 한입 삼키면 그 미뢰가 전부 일어날 정도로 맛이 깊고 진하다.

서양에서는 흔히 영혼을 울리는 요리로 닭고기 수프를 이야기한다. 만약 내가 요리로 누군가의 영혼을 울려야 한다면 이 오골계탕을 한 대접 올리고 싶다. 그 정도로 깊은 맛의 조화가 아름답고, 시간과 정성과 함께할 사람에 대한 마음이 필요한 그런 요리다.

살면서 불안한 순간이 왜 없겠는가. 그럴 때마다 나는 이 요리가 생각난다. 돼지 위장은 지금 가격으로도 한 개 2,500원 정도밖에 하지 않는데, 손질하기 어렵고 냄새가 날 수도 있어서 아무도 거들떠보지 않는 부위다. 그러나 오골계라는 귀한 재료를 온전히 그 안에 담고, 원래 그 재료가 가지고 있던 장점이 최대한 배어나도록 끓여내는 것이다.

위장은 질기고 요리하기 까다롭다. 그래서 여섯 시간이라는 조리시간 내내 불가를 지키며 살펴보아야 한다. 여기서 요리사의 역할은 불 조절이다. 탕이 한번 끓어오른 다음에는 줄곧 꺼질락 말락 하는 아슬아슬하게 줄인 약불 앞에서 깊은 맛으로 거듭나기를 기다려야만 한다. 그러다 보면 진국이 드디어 우러난다. 최고의 맛이다.

아무것도 아닌 나 또한 오랜 시간 동안 노심초사하며 살아왔다. 비유하자면 나는 내가 꼭 이 돼지 위장 같다는 생각을 하곤 한다. 오골계 같은 귀한 재료로 내 속을 채우고 은근한 불에서 오래오래 끓이듯 뭉근하게 스스로를 단련하면 나에게서도 진국이 우러나올까. 글쎄, 그 국물 맛을 볼 적기가 언제인지는 모르겠지만 말이다.

오래 전 일본으로 유학을 떠나는 후배의 송별회를 해준 적이 있었다. 홍제동 아파트에 초대해서 여섯 시간 동안 불 앞을 지켜야 맛볼 수 있는 내 영혼의 닭고기 수프, 오골계탕을 대접했다. 지금은 '면사랑'의 상무가 된 그 친구는 그때 참 달게도 내 요리를 먹었는데, 한참 세월이 지나 우리 둘 다 나이를 먹은 후 소감을 들을 수 있었다. "언니가 해준 오골계탕 말인데, 맛이 진짜 깊고 진해서 일본서 먹은 어떤 요리로도 지워지지를 않더라고요."

오골계탕은 자신감이 떨어지고 사는 게 지칠 때면 떠오르는 요리이기도 하다. 그게 무엇이 되었든지 내 안에 담을 것이라는, 그리고 오래오래 시간을 들이면 거기서 좋은 맛이 우러나올 것이라는 믿음이 필요할 때 나는 오골계탕을 생각한다. 어쩌면 그 요리야말로 남에게 대접하면서 내 마음도 함께 가득 채운 한 그릇이었는지도 모르겠다.

재료와 오랜 시간 대화를 나누는 가운데 재료에게서 삶을 배우곤 한다. 질기고 비린 돼지 위장과 비싸고 귀한 오골계. 그런데 신기하게도 함께하지 않으면 절대로 그 맛을 낼 수 없다. 그리고 거기에 불 앞을 진득하게 지킬 요리사 한 명도 꼭 필요한 법이다. 막상 완성하고 나면 내 요리지만 참으로 환상적인 맛이 난다. 재료와 과정이 내게 대답해주는 것일 테다.

나에게도 목표가 있다

하루는 양평에서 냉면집을 하는 친구에게서 전화가 왔다. 백김치가 맛있게 익었으니 은사님을 모시고 와서 냉면 잡수시게 하란다. 은퇴하신 후 강원도 진부에 계신 성의제 교수님께 전화를 걸어 시간을 여쭙고 며칠 후 양평에서 오래간만에 뵈었다. 그 해 일흔다섯이 되신 교수님은 언제 이렇게 연세를 드셨는지, 꼭 옆집 할아버지 같았다. 내가 대학 다닐 때 40대 후반이셨는데, 세월은 어느 새 창창한 교수님을 할아버지로 만들어놓았다. 요즘 어떻게 지내시느냐고 여쭙는 질문에 교수님은 이렇게 말씀하셨다.

"나 요새 새벽 네 시에 일어나 손으로 귀도 만지고 얼굴도 만지는 운동하고, 영어 성경을 읽고 있다. 신약 성경을 소리 내어 읽기로 했는데 단어 열아홉 개 중에 열여덟 개를 사전을 찾아야 했어. 지금은 신약 다 읽고 구약 중에서 민수기를 읽고 있거든. 난 이 성경을 다 읽을 때까지는 죽지 않을 거여. 나에게도 목표가 있다."

그때 내 귀에 꽂힌 마지막 문장이 한참 동안 머릿속을 떠나지 않았다. "나에게도 목표가 있다." 일흔다섯의 나이에 하루하루의 삶을 다잡게 하는 교수님의 목표. 나에게는 어떤 목표가 있나 딱히 떠오르지 않던 그 순간, 나 자신이 조금 한심스럽게 느껴졌다.

그러다 『수원식단』을 번역하고 공부하는 동안 나에게도 목표가 생겼다. 대학에서 중문학을 전공하고, 중국음식점에서 일을 하고, 중국에 다니면서 중국음식의 문화를 보고 배웠으니, 이 경험을 가지고 어떤 일이든 해야겠다는 사명감 비슷한 것이 생겨났다. 『수원식단』을 한국어판으로 낸 게 나에게는 세 번째 책이었는데, 첫 번째가 『중국요리기행』(2008)이고 두 번째가 『역사로 본 중국음식』(2012), 그리고 세 번째가 이 『수원식단』(2015)이었다. 책을 한 권 한 권 더해갈 때마다 감회가 새로웠고, 중국음식에 대해 더 많이 공부하고 소개하고 싶다는 의욕도 커져갔다. 그래서 나의 목표는 생을 마감하기 전까지 중국음식에 관한 책을 무릎 높이까지 쌓을 만큼 내는 것……이었다가, 지금은 발목 높이만큼으로 목표를 수정했다.

『수원식단』으로 공부 모임을 시작했는데 이 책을 끝낸 분들은 이제 『양소록養小錄』이라는 책으로 넘어갔다. 모임에서도 요즘에는 이 책을 함께 공부하고 있다(초벌 번역을 마쳤다고 슬쩍 흘려둔다). 『양소록』 역시 청나라 시대에 쓰여진 고조리서로 고중顧仲이라는 저장성 출신의 의사가 쓴 책이다.

'양소養小'란 『맹자』 「고자상편告子上篇」에 나오는 말로, 작은 부분을 기르는 것을 뜻하며, 반대로 큰 부분을 기르는 것을 '양대養大'라 한다. 맹자는 말초신경이나 입에만 단 음식은 '양소'하는 일이며, 몸 전체를 위하는 음식은 '양대'한 것이니, '양소'하지 말고 '양대'하도록 힘쓰라고 했다.

『양소록』을 쓴 고중도 의사 출신답게 '양소'하게 먹지 말고 '양대'하게 먹으라는 음식관을 집성하고 있다. 다만 제목에 들어간 '양소'는 저자의 겸손함이 드러나는 대목이다. "내 손끝에 다만 양소함이라도 닿았으면 좋겠슈." 하는 선비 특유의 느긋한 겸양의 표현쯤 되겠다.

연구를 하다 보면 자연스레 연구 범위가 확장되기 마련이다. 청대의 조리서를 모두 섭렵한 후 시대를 거슬러 올라갈 생각이다. 음식과 복식에 대한, 즉 먹고 입고 생활하는 삶의 모든 것이 담긴 『음찬복식전飮饌服食牋』, 몸과 마음을 다스리는 양생법에 대한 『준생팔전遵生八牋』 등 모두 앞으로 꼭 다뤄보고 싶은, 기대되는 연구 영역이자 앞으로의 목표다. 이것들 역시 공부 모임에서 함께할 과제이기도 하다.

심심할 틈이 없어 보인다는 말은 아마도 맞을 것이다. 살면서 아직까지 그렇게 심심해본 적은 없다. 할 일이 이렇게나 많은 데다 내 손을 기다리는 보물 같은 조리서들이 연구실에 가득하고 당장 공부 모임도 준비해야 한다.

원래 『수원식단』 공부 모임의 과정은 2년이다. 하지만 도통 졸업할 생각들을 안 하신다. 그중에는 3년이나 함께하고 계신 분도 있는데 거의 모든 반에서 유급 희망자들이 쇄도한다. 아니, 보통은 조기 졸업을 하고 싶어 하는 거 아녀유?

오랜 시간 그렇게 함께하시는 분들은 어느새 같이 나이 들어가면서 인연도 더 깊어지는 듯하다. 처음에는 고조리서 한 권을 배우기 위해 모인 모임이지만 이제는 사람과 음식과 대화가 좋아 찾아오시는 것 같다. 평생 공부를 멈추지 않은 분들이 대부분이고 연세가 있으신 분도 꽤 많다. 그런데도 학구열은 굉장하다. 유급을 희망하시면서까지 뭔가를 더 배우려 노력하는 모습이 내게는 또 귀한 오골계와 가을볕에 잘 말린 재료들로 오래오래 푹 고는 과정을 떠올리게 한다. 이렇게 오래오래 함께 진국을 만들어가는 것도 물론 내 목표다.

흔적도 없이

가끔 〈킬리만자로의 표범〉 가사를 다시 생각해보게 된다. 흔적을 남긴다는 것, 그것은 내게 무엇을 뜻할까. 어쨌거나 나 역시 한 명의 연구자이자 강단에 서는 사람으로서 나의 마지막에 대해서 진지하게 생각해볼 때가 있다. 혼자 사는 사람으로서는 더더욱 말이다.

표사유피인사유명豹死留皮人死留名. 즉 표범은 죽어서 가죽을 남기고 사람은 죽어서 이름을 남긴다던데. 그래서 그 킬리만자로의 표범은 그렇게 가죽을 제대로 남겼나 싶다. 그러면 사람인 나는 어떻게 해야 하나, 이름을 남겨야 하나 싶다가도 '인사유명'한들 뭐 하겠는가 하는 생각에 이른다.

자기 이름을 남긴다는 것은 생각보다 큰 에너지를 필요로 하는 것 같다. 얼굴도 내밀고 관리도 해야 하고, 그러다 무슨 무슨 직함에 장을 달고 나이가 들고, 그러고 나면 사람 만나기도 어렵다. 그런 걸 보고 있으니 아예 인사유명을 안 하고 싶어진다.

그저 요리사로서 매일에 충실한 삶, 그리고 내가 좋아하는 것들을 좋아하는 사람들과 이야기 나눌 수 있는 삶을 최대한 멋지게 (혹은 멋져 보이게) 살고 싶은 것이 솔직한 마음이다. 아닌 게 아니라 배운 자의 요리 운운하며 연구실에 있던 내가 어느새 이렇게 놀러 다니는 사람이 되어 텔레비전에 나오다니. 인사유명에 신경을 썼더라면 좀 더 젊고 예뻐 보이게 단장했을지도 모른다.

사람들은 흔히 이름을 남겨야 한다고 배운다. 여기서 이름은 여러 가지 의미일 수 있겠지만 주로 자신이 속한 직업, 집단에서 높은 자리에 오르고 협회장을 맡고 이사가 되고 대표로 역임한 다음 그곳 벽돌 한 장에 이름을 남기는 것을 뜻할 것이다. 하지만 아무리 생각해도 내가 남길 이름 따위 신경 쓰지 않고, 어디에도 얽매이지 않는 가벼운 삶이야말로 참으로 신나는 인생인 것 같다.

이런 나 역시 지금껏 아무런 흔적도 남기지 않은 것은 아니다. '국내 최고령 할리데이비슨 여성 라이더'라는 기록이 내가 남긴 흔적이라면 흔적이겠지. 혼자 달려온 지금 돌아보면 그 벽돌은 한편으로

내게 참 무거워 보이기도 한다. 이 땅의 중화요리를 위하여 내 이름으로 된 벽돌 한 장을 올렸다는 허명보다는, 주방 불판 앞에 서 있을 수 있는 한, 한 사람과의 인연 또는 한 끼의 식사 같은 추억을 소중하게 남기고 싶을 뿐이다.

이건 작은 에피소드인데 친한 지인들끼리 유언 집행자로 서로를 지정하자는 이야기가 나온 적이 있었다. 친한 동생이 언니에게는 뭘 해드리면 되겠느냐고 해서 "난 그런 거 없어. 어떤 흔적도 남기고 싶지 않다."라고 말한 다음 빈축을 좀 샀다(그래도 그 말은 진심인 겨).

사람의 수만큼 삶의 가치관도 다양하다는 것을 요즘 들어 더욱 절실하게 깨닫는다. 누군가는 위명을 얻고 싶어 하고 누군가는 자유를 찾고 누군가는 고요함을 원한다. 내 경우에는 내가 할 수 있는 요리와 연구를 세상에 뿌려놓고 그다음에는 신경 쓰지 않을 수 있는 가벼움을 추구한다. 언젠가 힘이 다하여 연구를 그쳐야 할 날이 올지도 모르고, 불 앞에 서서 요리하기에는 약해질지도 모르지만 그때까지 그런 가벼운 마음으로 매일에 최선을 다하는 것이다. (그나저나 킬리만자로에 있다는 그 표범은 진짜로 그렇게 가죽을 남기고 싶어 했을까 몰러. 꼭대기는 진짜 추울 텐디…….)

에필로그

다시, 계향각에서

또 다른 만남을 기다리며

아직 손님들이 오시기 전, 창문 밖으로 보이는 하늘이 서서히 개고 있다. 참 다행이다. 이제 슬슬 불을 올리고 찻잔을 내도 될까 싶다.

요즘 들어 내 삶에 없던 새로운 일들이 생기다 보니 그전에 없었던 생각들도 하나둘 떠오르는 중이다. 연구 생활에 있어서도 경계를 두지 말자는 마음이 깊어졌다. 내가 연구하는 것이 무엇이든 그것이 내게 충실한 주제이기만 하다면 굳이 구획을 두지 말자는 것이다.

한 가지 놀라운 건 환갑이 다 되어 가는 지금에 와서는 이후의 삶에 대해서도 경계를 두지 말고 자유롭게 생각하자는 결심이 들었다. 열네 살 나이부터 평생 혼자서 걷겠다던 인생 길이지만 그 언젠가 또 이렇게 살다 보면 누구와 어떤 형태로든 같이 걸을 수도 있겠지, 마음을 느긋하게 먹어본다.

방송도 마찬가지다. 이제는 덜어내는 기분이다.

욕심과 욕망, 뭔가를 꼭 성취해야겠다는 마음이 적을수록 일도 취미도 인생도 놀러 다니는 것처럼 즐거워지게 마련.

내 인생이 다채로워 보였다는 이야기가 참 감사했다.

색채가 많다는 뜻 아닌가. 많은 것을 담고 여기까지 재미있게 지내왔다. 이 책을 읽는 분들을 종잇장 너머로나마 만나게 된 것도 내게는 삶의 소중한 색채 한 가지를 더한 셈이다.

처음 모시는 손님들이 들어오는 순간 나의 첫 인사는 항상 이렇다.

"어서 오셔유. 지금이라도 모시게 돼서 다행이네유."

오늘 손님들은 또 어떤 즐거운 이야기를 가지고 찾아오실까.

아, 연구실 건너편 카페 앞 횡단보도를 향해 걸어오는 몇몇 사람들이 보이기 시작했다.

힘껏 손을 흔들어본다.

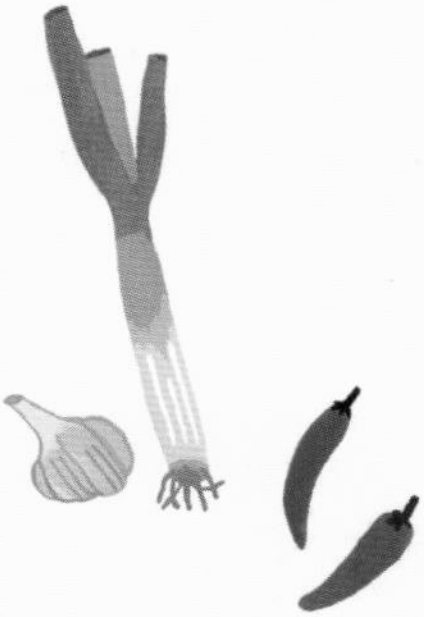

신계숙의
일단 하는 인생

요리도 인생도 하다 보니 되더라

1판 1쇄 발행 2020년 12월 24일
1판 2쇄 발행 2021년 4월 30일

지은이 신계숙

펴낸이 김명중
콘텐츠기획센터장 류재호 | **북&렉처프로젝트팀장** 유규오
북팀 박혜숙 · 여운성 · 장효순 · 최재진 | **북매니저** 전상희 | **마케팅** 김효정 · 최은영
책임편집 신귀영 | **디자인** 민혜원 | **그림** 김수아 | **제작** 세걸음

펴낸곳 한국교육방송공사(EBS)
출판신고 2001년 1월 8일 제2017-000193호
주소 경기도 고양시 일산동구 한류월드로 281
대표전화 1588-1580 | **홈페이지** www.ebs.co.kr
전자우편 ebs_books@ebs.co.kr

ISBN 978-89-547-5645-7 03810
